GENTOSHA OUTLAW BUNKO

残り香

松 崎 詩 織

残り香

1

「ああっ、いやっ。お願い！　もうちょっとで……もうちょっとで、きそうなの！」

甘くすすり泣くような訴え。切なげに眉間《みけん》に皺《しわ》を寄せ、しっかりと目を閉じた由美子が、細い薬指の先をぽってりとした唇で咥《くわ》えながら、漏れ出る声を嚙《か》み殺す。

月明かりが差し込むだけの薄暗い部屋。私と由美子の裸体だけが匂い立つようにほの白く浮かび上がる。

絡み合う裸体。激しく波打つベッド。ぴんと張り詰めた純白のシーツを、真っ赤なマニキュアに彩られた指先がかき乱す。一つに融《と》け合った二人の性器からは、体液が溢《あふ》れる音が淫《いん》靡《び》に響く。激しく荒い息遣い。肉体の軋《きし》み。部屋中に性の腐臭が飽和する。

「はああんっ。もうだめ！　ああっ、来るわ」

私の身体《からだ》の下で、羞恥心《しゅうちしん》に全身を上気させた由美子が叫ぶ。セックスでいきそうになると、彼女はいつも決まって同じ言葉を口にした。すすり泣く声に、さらに色が籠《こも》る。

汗にまみれた額に、緩やかなウエーブがかかった栗色の長い髪が張りついている。しなやかに伸びた細い腕や脚が、筋肉質な私の肉体に蔦《つた》のように絡みつく。

「おおおおっ。すごい、気持ちいい。俺もいきそうだ」

彼女を組み伏せ、攻め続けていたのは私の方だったはずなのに、気がつくと下にいる彼女によって、私の肉体は快楽の深淵《しんえん》に引きずり込まれていた。

激しく腰を叩きつけ、彼女の性器を抉《えぐ》り続ける。何千という柔らかな襞《ひだ》の集まりが私のペニスに絡み、押し寄せ、挑みかかってくる。性器の内部の収縮は、締めつけも広がりもすべてが狂おしいほどに甘美で、そしてひどく淫《みだ》らだった。

たまらなかった。

歯を食いしばっていなければ、意識を失ってしまいそうなほどの快楽。全身を襲う強烈な刺激に、脳みそが性器になったような幻覚が広がる。

たまらなかった。

思わず目を閉じ、彼女の二の腕に頬《ほお》ずりする。一切の無駄な肉が排除された美しい肉体の中で、二の腕の皮膚だけは、触れるだけで融けてしまいそうなほど柔らかく、舌を這《は》わせると、舌の上でプルプルと蕩《とろ》けた。

濃度を増した彼女の汗の匂いが、私のペニスの芯を刺激していく。彼女の肉体が発する濃密な性の匂いで、息が詰まりそうになる。

たまらなかった。

私も女のように喘《あえ》ぎ声を漏らし続ける。

どれほど私が興奮しているのか、どれほど彼女の肉体がいやらしくて、甘美で、たまらないのか、大声を張り上げて教えてやりたいと思う。

たまらなかった。

彼女のどろどろの性器に纏《まと》わりつかれたペニスが、ぐちゃぐちゃに融けてしまいそうになる。興奮の極みを分かち合う二人は、貪《むさぼ》るように互いの唾液を飲み合った。絡み合った舌が離れる瞬間、月明かりを受けた唾液が、金色の糸を引いていくのが艶《なま》めかしい。

彼女の小麦色に焼けた肌には、小さなビキニの痕《あと》が白く浮かび上がって見える。まるで白い水着を着ているようだ。一ヶ月程前に二人で行った沖縄旅行の甘美な土産。素肌に舌を這わせると、まだ塩味がするような気がする。

耳元で響く由美子の少し掠《かす》れた喘ぎ声が、一オクターブ高くなる。それを合図に両手首を摑み、頭上で磔《はりつけ》のように固定する。彼女の顔が歪《ゆが》む。

それが手首の痛みによるものなのか、それとも強すぎる快楽によるものなのか、私はもちろん、彼女自身もすでにわからなくなっている。

豊かな乳房が、私の厚い胸によって押し潰《つぶ》される。美しく張り詰めたものが、醜く形を変える瞬間の快楽。その快楽の最後の、そして最大の一瞬を味わう為に、全霊を込めて下半身を彼女の性器に叩きつける。

「ああっ！　いくううううっ」

ゴール直前のマラソン選手のように乱れていた由美子の呼吸が、一瞬にして止まる。その直後、息を止めたまま小刻みに何度も痙攣《けいれん》した。激しく身体が跳ねる。首筋に緊張が走り、勝手に頭が持ち上がる。由美子の身体の中にあるペニスが、すごい力で何度も締めつけられた。

豊かな胸、ツンと持ち上がった尻、そしてアンバランスなくらい細く括《くび》れたウエスト。もともと身長が一七〇センチを超える由美子だが、そのグラマラスな肉体のせいで、実際よりさらに大柄に見えた。

細く長い手脚。モデルのように引き締まった肉体は、まるで作り物のように美しく、そして淫らだった。

いい女だと、心から思う。

由美子はかなりの美人だった。道行く男達を振り返らせ、その視線を釘付けにすることも多い。モデルのスカウトにも何度も声を掛けられていた。

さらに、性格も申し分ない。

明朗活発で人の輪の中心にいることも多い。それでいて人を見下したり、出し抜いたりするなどということもなく、姉御肌《あねごはだ》な人柄を見込まれて、いつもみんなに愛され、頼りにされていた。

キャリアウーマンというのだろうか。外資系の保険会社に営業職として勤務し、常に先輩の男性社員を寄せつけぬほどの高い業績を挙げ続けているらしい。

タイトなミニスカートとピンヒールのパンプスの似合う長身の美女。内巻きの長い髪を揺らせながらオフィスを闊歩《かっぽ》する姿は、潑剌《はつらつ》としていて、なお麗しい。醸し出すオーラは、まるで女優のようだった。

まさに天は二物を与えたと誰もに思わせる絶世の美女。そんな魅力に満ち溢れた女が、私の腕に組み敷かれ、薬指を噛みながら嗚咽《おえつ》を漏らし、快楽の絶頂に肉体を痙攣させている。

私達二人の関係は、そろそろ身を固めても良い時期になっていた。彼女も当然それを望んでいるに違いない。

ビクンビクンと身体を痙攣させる由美子を押さえつけ、私は彼女の中に射精した。

由美子は身体の中に射精されることを好んだので、避妊はいつもピルによって行われた。コンドームを使ったことはほとんどない。

いささか彼女任せにすぎる気もしたが、今更妊娠したとしても、それほどの問題が生じるわけではなかった。その時は結婚してしまえばいいと思っている。

射精の余韻を味わい終えると、ペニスを由美子の身体から引き抜いた。彼女の体液と私の精液でべとべとになり、まるで湯気が上がっているようだった。

いつもの通り、由美子はそのペニスを口に含み、清めていく。いつの間にかそれが二人のセックスの決め事のようになっていた。

ぽってりとした赤い唇に私のペニスが飲み込まれていく。先端が喉《のど》の奥に当たる。陰毛に隠れた付け根部分まで飲み込まれる。

ペニスだけでなく、まるで身体ごとすべてが飲み込まれていくような錯覚に陥る。蛇が自分の頭より大きなタマゴを飲み込む時のように、ペニスから始まって、彼女の唇が私の全身を飲み込んでいくのだ。

私はきつく目を閉じ、全身を硬直させた。

「鳴ってる」

「えっ？」

「電話が鳴ってるわ」

ペニスを吐き出し、顔を上げた由美子の言葉に、私はベッドの上で上半身を起こし、慌てて枕元の電話機に手を伸ばす。あまりの快楽に、電話が鳴っていることさえ気づかなかった。

壁の時計に目をやる。夜の十一時。仕事の連絡とは思えない時間帯である。

その時感じた胸騒ぎはいったいなんだったのだろうか。

言いようのない不快さ。音のない暗闇に押し込まれるような不安。そして深く暗い穴をゆっくりと落ちていくような恐怖。

自分でも理解できなかった。ただ、この一本の電話が、私の人生を想像もしたことのないほど大きく狂わせることになったのは、間違いのないことだった。

そう、この一本の電話から、すべてが始まったのである。


「早瀬さんのお宅ですか？」

夜の電話の非礼を詫びることもなく、事務的に、乾いた男の声が響いた。

「はい……」

「早瀬隆さんですか？」

「はい、そうです」

「こちら、豊島警察署交通課の滝川といいます」

「…………」

「山口涼子さんとはご姉弟《きょうだい》ですね？」

「山口涼子は嫁いでおりますが、私の姉に間違いありません。それが何か？」

受話器の向こうで、ゴクリと男が唾《つば》を飲み込む音が聞こえた気がした。実際にはそんなはずはなかったが、それくらい嫌な間があった。

「涼子さんが先ほど、ご主人の幸造さんと一緒に自動車事故に遭われました」

「事故……」

由美子が私のペニスを握り締めたまま、不安そうな顔で見ている。

自動車事故。姉が、自動車事故だなんて……。

「もしもし、しっかりしてください。聞いておられますか？」

「は、はい。聞いています。それで、姉は……姉の容態はどうなんですか！」

「首都高速でブレーキ故障による事故を起こされまして、残念ながらご主人ともども……」

私の手から落ちた受話器を由美子が拾いあげる一連の動きが、まるで古い八ミリ映画のように遠近感を伴わず、ゆっくりと流れていく。

姉が……姉の涼子が死んだ。

口の中に生暖かい鉄のような味が広がっていく。強く嚙み締めすぎた為に、八重歯によって口の中が切れ、血が溢れてしまったようだ。

涼子が死んだ。

人は受け入れがたい真実の前では、無意識に心の扉を閉ざしてしまうものだということを、私はその時初めて知った。

由美子が受話器を持って何かを叫んでいるのが見える。しかしその声も言葉も、まったく私の頭には入ってこない。

涼子が死んだ。私の涼子が死んだ。

私は心の中で、それだけを繰り返した。


タクシーを飛ばして病院へ駆けつけると、二人の私服警官に出迎えられた。

定年間近と思われる白髪の老刑事に、大学を出たばかりという感じの今風の若い刑事の組み合わせ。まるでテレビの二時間ドラマを観ているようで、少しも現実感がわかない。

「姉は、姉はどこなんですか？」

「こちらへどうぞ」

先に立って歩き出した若い刑事の後について霊安室に入ると、恰幅《かっぷく》の良い中年の医師と二十歳前のナースが立っていた。染《し》みがたくさん浮いた白衣姿のナースは、深夜の突然の仕事に、明らかに不機嫌そうな表情を浮かべている。

コンクリートの打ちっぱなしの壁。白いタイルの床。強い消毒液の匂い。古びた黒いビニール製のベッドがいくつも並んでいる。

「この度はどうも」

頭を下げる医師を押し退《の》けるようにして、ベッドの上で白いシーツをまとった姉の前に立った。

ゆっくりとシーツをめくる。そこには私の姉が、全裸で横たわっていた。

大きな事故だと聞いていたが、身体の損傷はほとんど見られず、頭と首に僅《わず》かに血が滲《にじ》んだ包帯が巻かれているに過ぎない。

きれいな身体だった。今にも起き上がって、私に微笑《ほほえ》みかけてきそうな穏やかな顔で眠っていた。盛り上がった乳房の柔らかな丸みが、私に死を認めさせない。その雪のように白い乳房は、今にも呼吸の為に動き出しそうに見えた。

美しい身体だった。シーツを摑んだ私の手が震える。

「外傷はほとんどなく、全身打撲によるショックと後頭部の強打による脳内出血が主な死因と思われます。こちらに運び込まれた時点ですでに心肺停止しており、精一杯手は尽くしたのですが……」

カルテを手に事務的にしゃべる医師は、言葉とは裏腹に少しもすまなそうな感じには見えない。彼らにとって死など、日常的な流れ作業の一部に過ぎないのかもしれない。

向こう側のベッドに、姉の夫である山口幸造も寝かされていた。いや、夫であった、と言い換えた方がいいかもしれない。その姿はあまりにも無機質な感じで、それがほんの数時間前まで、人間であったことを連想するのは、少し難しい気がした。

私の視線を追った若い刑事が、黒い革の手帳を見ながら口を開いた。

「ああ、ご主人の方は遺体の損傷が酷《ひど》くてね。車外に投げ出されたところを後続のトラックに巻き込まれたようで、右腕と左足がまだ発見されていません。車両は炎上していますし、発見は少し遅れるかもしれませんね」

私はその刑事の言葉を聞き流しながら、再び姉に向き直った。

そっと姉の頬に触れてみる。

冷たくはなっていたが姉の頬はまだ柔らかかった。私のよく知っている姉のままだ。白くてふくよかな乳房も、その頂《いただき》に尖《とが》った桜色の乳首も、そして傷口のように赤く引かれた薄い唇も。すべてが私の大切な姉のままだった。

私の姉。私の涼子。

病院に着くまで、姉の死という現実を、なかなか受け入れることができないでいたが、姉の頬に触れた瞬間に感じたその肌の冷たさに、初めて恐怖が私の全身を包むように押し寄せてきた。

姉が死んだ。私の姉が死んだ。

2

私の両親が亡くなったのも交通事故でだった。何の因果か私は、私以外の家族のすべてを、交通事故によって失ったことになった。

両親の事故は、酔っ払い運転の暴走に巻き込まれてのものだった。

日曜日の夕暮れ時。夫婦で仲良く散歩をしていたところを、八十キロを超える速度のまま、背後から轢《ひ》かれた。ブレーキを掛けた形跡はまったくなかった。

二人とも即死だった。父が母を庇《かば》うように、二人で折り重なって倒れていたそうだ。

両親が亡くなった時、私はまだ十五歳、高校一年生だった。五つ年上の姉は大学の二年生で、都内の私立大学で法律を学んでいた。

小柄で華奢《きゃしゃ》な身体で、白く透き通るような肌をしたかなりの美人。ずいぶん言い寄る男性も多く、両親にとって自慢でもあり心配の種でもあったようだ。

実際、弟の私の目から見ても、姉ほど美しい女性はなかなかいるものではなかった。家に遊びに来た私の友人達が姉に向ける眼差しに、いつも姉の弟であることの誇りと幸福を感じたものだった。

中堅のピアノ販売会社を経営していた父は、私達二人の子供が生きていくのに充分すぎるほどの財産を遺してくれた。両親の死後、甘い菓子に群がる蟻《あり》のように、今まで顔も見たことがないような遠縁の親戚達が、次々と私達姉弟の養育を申し出てきた。

しかし、悲しみに打ちひしがれた中でも、姉は毅然《きぜん》とした態度でその親戚達に対処し、自分達二人だけで生きていくことを強く主張した。

「子供だけで生きていくなんて」

もっともらしい言葉で反対した親戚達に対して、

「弟は私が立派に育てていきます」

姉はそう強い言葉で言い続けた。

それまでお嬢様として育てられた清楚なイメージの姉のいったいどこにそんなたくましさがあったのか、一番驚いていたのは私だった。

姉は葬儀も自分一人で一切を手配した。通夜、告別式、そして最後の火葬場から四十九日の納骨までのすべてを、たった一人で指揮して立派に立ち振る舞った。

「本当に気の強い娘だね。親が死んだっていうのに涙一つ見せやしない」

遺産のおこぼれに与《あず》かろうという目論見《もくろみ》の外れた親戚達は、口々に姉に対して陰口を叩いた。それは、まだ子供だった私にも聞こえてくるようだったから、当時の姉の立場はずいぶんと辛《つら》いものだったと思う。

葬儀が終わると姉は父の会社の株を売り、会社を手放した。世田谷の閑静な住宅地にあった家も、残った父の二台のベンツも処分した。事故加害者からの賠償金に加えて両親が加入していたいくつかの生命保険も下り、子供達二人が一生困らないだけの莫大なお金ができると、姉はそのほとんどを私の名義で銀行に預けた。

姉と私は2LDKの小さなマンションを郊外に買うと、そこで生活を始めた。

それまでは姉弟でそれぞれ広い自分の部屋を持っていたが、マンションに移り住んでからは、姉の希望で、和室に布団を並べて一緒に寝ることにした。

引っ越してから一週間ほどのある夜のことだった。

私は夜中に胸騒ぎを覚えて、ふと目を覚ました。窓から差し込んでくる月明かりだけが頼りの薄暗い部屋の中で、まだ意識がはっきりしない私の耳に、微かな啜《すす》り泣きが聞こえてきた。

驚いて姉の方に目をやる。姉の白い首筋が見えた。布団から僅かに出た姉の小さな肩が微かに震えている。

姉が泣いている？

私は驚いた。両親の事故以来ずっと、姉は人前はもちろん、私の前でも決して涙を見せなかった。両親の葬儀の時でさえ、ついに涙を流すことはなかったのだ。遺産に群がろうとする親戚連中や父の会社の役員達に対して、いつもしっかり者の強い女性で通してきた。心から頼りになる人だった。姉がいるから、どんな悲しみも乗り越えられる。私はいつもそんな姉の姿に勇気づけられてきた。

その姉が泣いている？

姉は私に背を向け、微かに身体を震わせながら、声を殺して泣いていた。いや、泣いているように見えた。

姉の身体がいつもより小さく見える。やはり姉も辛かったのだ。苦しかったのだ。本当は誰かにすがって泣きたかったに違いない。

そう思った瞬間、私は姉の布団に自分の身体を滑り込ませ、後ろからそっとそのか細い身体を抱きしめていた。

姉はまったく動かない。眠っているように一切反応しない。それでも背中は微かに震えているような気がした。

私は姉の身体を抱きしめた腕にさらに力をいれた。姉の乳房の弾力が前に回した腕に感じられる。姉の髪の中に顔を埋《うず》めた。シャンプーの香りがした。

姉弟で同じシャンプーを使っているのに、姉はどうしてこんなにもいい匂いがするのだろう。姉の身体はどうしてこんなにも温かいのだろう。姉の身体はどうしてこんなにも柔らかいのだろう。

私はさらに強く姉を抱きしめた。両親を亡くして以来感じていた姉の強さが、今はそのまま姉の悲しみの大きさとなって感じられる。

姉が涙を見せなかったのは、悲しみが大きすぎたからだったのだ。そしてそんなことも気づいてあげられないほどに、私は子供だった。そんな私を姉は必死に守ってくれていたのだ。涙を零《こぼ》す暇もないほどに。

肉体だけは逞《たくま》しさを増した自分の腕の中に、姉の小さな柔らかい身体を包み込む。

やがて密着した私の身体に変化が起こり始めた。柔らかな姉のお尻に押しつけられていた下腹部が、男性の兆《きざ》しを見せ始めたのだ。

だめだ。いけない。

そう思えば思うほど、暴走の熱は高まり続けた。

女性の身体のことはおろか、自分自身の肉体の性さえまだよく知らなかった子供の私。

深い愛情と性的な興奮を自分の中できちんと整理することができなかった。心と身体がアンバランスに絡み合い、その出口を探していた。

姉を愛《いと》おしいと思う気持ちが身体の中で膨らみ続ける。敬愛と性愛が整理のつかぬまま、複雑に絡み合い、融け合ってしまう。

その夜、私はパジャマのズボンから取り出したペニスを姉の身体に押しつけ、そして姉の手の中に射精した。

姉は最後まで、私の方を振り向くことはなかった。眠っていたのだろうか？　いや、姉は確かに泣いていた。起きていたはずだった。私にはそう思えた。


姉が結婚を機に家を出た後も、私は幾たびもその夜のことを思い出し、自らを辱《はずかし》めたりした。私の自慰行為における欲望の対象は、いつだって姉だった。あの夜、姉は眠っていたのか、起きていたのか——。

私はいつも姉のあの白くて柔らかな手のひらの感触を思い出し、顔を埋めた髪の甘い香りを思い出し、そして背中の温かさを思い出して、欲望に満ち溢れた熱い精液を迸《ほとばし》らせた。あまりの快楽に我を忘れ、射精の瞬間に姉の名前を叫んでしまったこともある。

姉への思いが強ければ強いほど、もたらされる快楽は大きい。しかし、射精後に訪れる罪悪感も比例して大きく、嫌な倦怠《けんたい》に肉体を押し包まれた。

それでもまた何日かが過ぎると、私はペニスを握り、姉のあの震える肩を思い出して欲望を募らせてしまった。

泣いているように見えた姉の後ろ姿が脳裏を離れない。

華奢な背中の震え。そして、私が熱く滾《たぎ》った分身を滑り込ませた手のひらのひんやりとした感触。姉は眠っていたのだろうか。そのことが知りたかった。

しかし、姉は死んでしまった。結局、私はその答えを確かめることができなかった。

3

両親を喪《うしな》った翌年。

引越し先のマンションでの生活に慣れ始めると、私は高校を転校した。今度のマンションからでは今までの高校には遠すぎたので、近くの高校に編入手続きを取ってもらったのだ。

実際、事故以来ほとんど学校には行っていなかったので、環境を変えて再出発をするようにとの、姉の勧めもあった。

しかし、両親を突然喪ったショックと、もともと内向的な性格のせいもあって、転校先ではなかなか新しい友人ができなかった。いやむしろ、私の方から友人を作ることを拒んでいたのかもしれない。当時の私は、友人にさえも心の中に踏み込まれることが怖かった。

初めて転校先の学校へ登校し、教壇の前でクラスメイト達に紹介された時、担任の教師はまるで女性週刊誌のお涙頂戴記事のように、哀れみと同情を込めて私のことを話した。

その日の昼休み、クラス中の生徒が私の席の周りに集まった。転校生というものは、得てしていじめの対象になりやすいものだが、そういう意味では、私は幸せだった。

クラス中の女子が、私に強い好奇心の混じった感傷的な気持ちを寄せていた。女というものは、いつも悲劇の主人公を好意的に受け入れるものだ。そして同情と恋愛感情は、十代の女の子達にとって、本質的に大差のないものでもあった。

私は本人の意思とは関係なしに、クラスの女子達の憧れの対象に祭り上げられた。

そうなると男子達の答えも決まっていた。私を阻害するような者は、女の敵ということになる。悲劇というものは、常に美しいものであり、崇拝されるべきものだった。

毎日のように私は、男子達から友人としての誘いを受けた。私は適当にそれに付き合い、そして、適当にそれをあしらった。

そうこうしている間にも、女子達からは毎日のようにラブレターのようなものが、机や下駄箱の中に入れられるようになった。そのどれもが稚拙でありきたりで、私の興味を引くようなものは、一通もなかった。

それでも男子達はそのことを囃《はや》し立て、どうにもそれらを無視し続けるのが難しい状況の中、ある日一通の変わった手紙を受け取った。

『たすけて　響子』

たった一言。それだけのあまりにも短い手紙。

響子というのはどんな子だっただろうか？　私は想いを巡らせる。クラスで一番背の高い、髪の長い美少女を思い出した。

色白で大人びた顔立ちは、高校二年生というよりも、成熟した大人の女性を連想させた。私より背が高く、発育の良い肉体を制服の中に無理やり押し込めているような印象の子。女優のように艶《つや》やかな黒髪を腰まで垂らし、吸い込まれるような深い大きな瞳を持っていたが、教室で笑顔を見せたことはほとんどなかった。

息を呑むほどの美人ではあるが、どこか近寄りがたい雰囲気を漂わせている。実際に、まだろくに口を利いたことさえなかった。

昼休みはいつも一人で、教室の隅で本を読んでいるような女の子だった。陰鬱《いんうつ》に俯《うつむ》いた、無口な暗い子という印象しかない。

彼女は、私を取り巻く囀《さえず》る小鳥のような女の子達とは、明らかに一線を画しているようだった。

私は彼女からの手紙に興味を持った。高校生にしては、ずいぶん大人びた筆跡だった。便箋も透かしの入った無地のもの。そして、内容も今までもらったどんなラブレターとも違っていた。

それは私や私の周りの子供達とは明らかに違う、大人の女性の書くものだった。

たった一言。その一言がずっと私の心に引っ掛かった。

噎《む》せ返るほど濃厚で、喉の奥にずっと引っ掛かった塊《かたまり》のような言葉。しかし、まだ子供だった私には、その切ない叫びのような一枚の手紙に対して、どのように受け止めればいいのか、その方法がまったく思いつかなかった。

その結果、私はその手紙を無視することにした。逃げたのだ。たった一言のその言葉の重みに耐えられず、受け止めることなく逃げることにした。

しかしそれにもかかわらず、私の心に響子がしっかりと入り込んでしまった。響子のことが気になって気になってしかたなくなってしまったのだ。

彼女はあれ以来、何も言ってこなかった。それどころか、教室の後ろや廊下などですれ違っても、視線さえ合わせてこなかった。

初めは、ラブレターを無視した私に対する反感かと思ったが、どうもそういうことでもないようだった。響子は、そういう女の子だったのだ。

体育の授業をよく休んでいて、制服のまま見学をしている姿。

教室の窓際で長い髪を風に靡《なび》かせ、ボールを追いかける野球部員をぼんやり見ている後ろ姿。

図書室の机に頬杖をついて、本のページを捲《めく》る物静かな横顔。

気がつくと彼女の姿を目で追っている。私は不思議なときめきを覚えながらも、戸惑いを感じていた。


その日も私は図書室にいた。

転校前の学校に比べ、今度の学校はシェイクスピア作品の蔵書が豊富だった。高校生の頃の私は、悲劇と喜劇が人生の中に切なくも同居するシェイクスピアの戯曲の世界がとても好きだった。

その日は「リア王」を返却に行った。数日前の週末に、黒澤明の「乱」を観たばかりだった。この「乱」という映画は、シェイクスピアの「リア王」をモチーフに描かれている。衛星放送の映画を観て、改めてその原点である戯曲を読み直してみたくなったのだ。

しかし、理由はそれだけではなかった。本の貸し出しカードに書かれている名前は、たった二つしかない。もちろん、一つは私自身の名前だった。高校にある図書室で、シェイクスピアを借りる生徒などほとんどいない。

私は当番で係りをしている図書委員の女子生徒に本を返す前に、もう一度巻末のページを開いてみた。挟まれている図書カード。私の名前の一行上に書かれた名前は、あの響子のものだった。

私が転校以来借りまくっていたシェイクスピア全集のほとんどに、彼女の名前で貸し出し記録が残っていた。その後、どの本にもまるで相合傘のように、二人の名前が並んだ。それは私だけの秘密だった。

図書室を出ると、外は激しい雨だった。九月の雨はすべてを洗い流すように、時折の雷鳴とともに街を濡らしていた。

裏門近くの体育倉庫の軒下で、私は黒く厚い雲に覆われた空を見上げていた。

「早瀬君」

いきなり声を掛けられ、後ろを振り返った。響子だった。

ずっと空を見上げていた私は、どんな顔をしていたのだろうか。間の抜けた顔をしていなかっただろうか。響子の顔を見た瞬間、おかしな心配が頭をよぎる。

「何してるの？」

濡れたカラスの羽のように漆黒《しっこく》に輝く響子の髪。吸い込まれるほどに黒くて、そして艶やかだった。お尻のあたりまで伸ばされた黒髪が、匂い立つように輝く。響子がその髪を揺らすようにして、小首を傾けた。

たったそれだけのことで、なんだか彼女の身体が大きくなったように錯覚する。大人びた肉体の厚みにたじろいだ。

「な、何って、雨宿りだよ」

「だめね、そんなんじゃ」

響子は降りしきる雨の中に立っている。

彼女の髪、額、そして高い鼻筋の順に、雨粒が滴《したた》り落ちていくのを、私はなぜかずっと目で追っていた。雨粒はやがて桜色の薄い唇を通り、尖った顎の先に抜けていった。

制服の白いブラウスが、雨に濡れて透け始めていた。彼女のブラジャーは黒だった。クラスの女の子達に、そんな色の下着をつける子はいない。ブラウスが雨を吸うことによって、どんどんと彼女の身体の丸みが露《あら》わになっていく。

私はその様子を、魅入られるようにして見つめていた。

彼女はそんな私の無遠慮な視線にも臆することなく、むしろ豊かな胸を突き出すようにして、強い眼差しで見つめ返してきた。

慌てて私は俯き、重なってしまった視線をそらした。

「だめよ、そんなんじゃ」

「えっ？」

彼女の胸を見ていたことを咎《とが》められたのかと焦る。慌てていると彼女が言葉を続けた。

「こんな素敵な雨の日は、濡れて帰らなくちゃ」

彼女の小さな桜色の唇を通して発せられると、そんな馬鹿げた言葉も、不思議と美しい旋律を持って聞こえてくる。

彼女が私の前を通り過ぎる。濡れた長い髪から、湿度に蒸れた甘い残り香が漂う。響子の横顔を見た瞬間、私は無意識に彼女と肩を並べて歩き出していた。

そのことがあたかも当然であるかのように、彼女が微笑みかけてくる。

「素敵な雨でしょ？」

私は彼女の視線から逃れるように、俯いて歩いた。

「あの、手紙のことなんだけどさ……」

沈黙が息苦しくて、私は自分からあの手紙のことを口にした。時々、肩や腕が触れ合う。半袖シャツから出ている素肌が触れ合うことを、彼女はどう思っているのだろうか。

ちらちらと横目で彼女の顔を窺《うかが》う。響子はずっと前を向いたままだ。しばらく二人とも無言のまま、ひたすら歩き続ける。

　夏の薄い制服は、すぐに雨を身体まで通してしまう。私はすでに下着までびっしょりと濡れていた。歩く度にズボンの中で、濡れた下着が肌に纏わりつき、ひどく気持ちが悪い。

　響子の下着も、彼女の肌に張りついているのだろうか。私はそんな想像をしたことに、少し気まずい思いを抱く。私がそんな変態みたいなことをすぐ隣で想像していることなど、響子は思いもよらないだろう。

　彼女の横顔を盗み見た。胸が苦しくなった。

「早瀬君、すっかり濡れちゃったね」

「…………」

「寒い？」

「べ、別に……」

「早瀬君、私の家に寄っていかない？　この雨、夕立だから、私の家で休んでいるうちにきっと止《や》むよ」

　彼女が濡れろと言ったから濡れているのに……しかし、そんな響子の理不尽な言葉にも、なぜか抵抗感はない。

「寄っていいの？」

「いいよ、どうせ家族は誰もいないし……」

「いないんだ？」

「パパは仕事でずっとヨーロッパに行ってる。ママもお店を持ってるから、それに掛かりっきり。兄は大学生で、勉強よりも大切なものをいっぱい見つけてしまったようで、毎日明け方近くに帰ってくるわ」

「家族の留守中に家に上がってもいいの？」

「何で？」

「何でって、それは……」

「早瀬君がいきなり私を押し倒したりするの？　だいじょうぶよ、痛くしないでくれれば、あんまり抵抗はしないから。ああ、それじゃ男の人って、あんまり楽しくないのかしら」

おどけてそう言った響子の笑顔は、まるで天使のようにも、悪魔のようにも見えた。当時、女性経験がまったくなかった私は、それだけで怖気《おじけ》づいてしまった。それを見透かしたように、彼女は私の瞳を覗き込むと、豊かな身体を屈《かが》めた。

「冗談よ、心配しないで。別に私の方から押し倒したりもしないから。私、とっても上手にミルクティーをいれてあげられるのよ。シェイクスピアが好きな早瀬君がきっと気に入るような英国産の素敵な香りのやつ。寄って飲んでいってよ」

「シェイクスピアのこと、知っていたの？」

「もちろんよ。私の借りた本をストーカーみたいに追っかけて借りまくっている男の子がいるって、図書委員の子がこっそり教えてくれたわ」

「べ、別に追っかけて借りてたわけじゃないよ。俺だって、ほんとに読みたかっただけさ」

声を上ずらせながら、慌てて言い訳をする。

「冗談よ。あら、怒ったの？」

響子が笑った。その時私は、彼女が声を出して笑うところを初めて見た。心から美しいと思った。


彼女の家は森林のような印象を受けるほど広い庭を持った清楚な洋館で、驚くほど大きかった。青銅の高いアーチ型の門をくぐると、大型の外国製セダンやスポーツカーがガレージに並んでいた。

「あの金色のロールスロイスはパパの、赤いポルシェはママのよ。どっちも趣味が悪いでしょ。そして、手前の蒼《あお》いＢＭＷ、あれは兄のよ」

そう言った時の響子は、なんだかとても苦しそうな顔をしていた。その時の私には、まだ彼女のその心の痛みを、たとえほんの少しでもわかってあげられるような、心の厚みはなかった。

私は今でも時折、彼女のことを思い出すことがある。そして、あの時もう少し早く、彼女の苦しみに気づいてあげることができたらと、そのことが心苦しくてならない。

しかし、たとえ私にそのことがわかったとしても、まだ高校二年生だった私に、いったいどんなことができただろうか。いや、それは言い訳に過ぎないだろう。

私は響子に甘え、そして彼女の思いに身を委《ゆだ》ねた。それなのに結局は、彼女を救ってあげることができなかったのだ。


彼女の部屋は、薄い桜色のカーテンと白い壁紙が優しく折り合う柔らかな空間で、初めて足を踏み入れた私を不思議と安らいだ気持ちにしてくれた。

その印象は彼女の普段の顔とはいささかイメージが異なり、私は内心戸惑いを感じていた。

『たすけて』

あの手紙を思い出した。若草色の絨毯《じゅうたん》を、濡れた私の足跡が汚していく。そのことを告げようとすると、響子は「わかっている」そう目で私に語りかけ、黙って私の足元に跪《ひざまず》いた。

雪のように白くて細い指が、ゆっくりと私の靴下を脱がしていく。雨と私の汗を吸い込んで重くなった靴下が、彼女の手の中でクルクルと丸められていく。

靴下を脱がせると、響子は私のシャツのボタンに手を掛けた。私は金縛りに遭ったように全身を硬直させ、彼女の指先をじっと見つめていた。

彼女の甘い髪の香りに噎せそうになる。シャツが彼女の手に渡る。

「いつまでそこに突っ立ってるつもり？　それともズボンも脱がせてほしいのかしら？」

響子が悪戯《いたずら》っぽく笑う。

「服を乾燥機に掛けてあげるから。そこから先は自分で脱いでね。今、バスタオルを持ってくるわ」

「三島の『潮騒』みたいに、君もここで脱いでくれるんじゃないのか」

私にしては、気のきいたジョークのつもりだった。それで自分自身の緊張を、隠そうと思ったのかもしれない。

しかし、次の瞬間、響子は私が想像もしなかった言葉を口にした。

「そうね。いいわ」

彼女は、笑顔で私を振り返った。しかし、その目は、少しも笑ってはいない。挑むように、それでいて私を包み込むように、真剣な眼差しを向けてくる。

全身から汗が噴き出してくるのを感じた。息をすることさえ、忘れてしまったようだ。現実感を伴わない息苦しさ。それでも少しもそれが苦痛ではなかった。

九月の雨にずぶ濡れになった身体は、ひどく冷えきっていたのに、額からは雫《しずく》になった汗が溢れ出していた。

響子のたった一言で、私の頭の中は真っ白になってしまい、石像のように硬直した肉体は、微かにも動かすことができない。ただ立っているだけなのに、胸が高鳴り、息が苦しくなっていくのがわかる。

響子がひどくゆっくりとした動作で、私に近づいてくる。彼女の手が伸びる。

私はただぼんやりと、その手を見つめていた。

シャツを脱いで裸になった私の胸に、彼女の細く長い指が触れる。冷たい手だった。

「心臓が、すごく速く動いている」

響子の言葉に、自分の欲望のすべてを見透かされたような気がして、あまりの恥ずかしさに思わず目を閉じてしまった。

「目を閉じないで！」

響子の声。突然の叫び。そして、心の言葉。閉じた瞼《まぶた》のすぐ向こう側で、彼女が奏でる衣《きぬ》擦《ず》れの音が聞こえる。私はまだ目が開けられない。

彼女の髪から振りまかれる甘い香りが濃度を増す。たっぷりと濡れた髪からは、微かに埃《ほこり》の匂いを含んだ九月の雨の匂いがした。艶やかな長い黒髪からこぼれ出したその香りは、私の肉体に性的な変化を起こさせるに充分なほど、秘めやかな期待と背徳とを連想させた。

彼女が私の身体に寄り添うようにして、服を脱いでいるのを感じる。数十秒の時間が、何十時間にも感じられた。

足元にブラウスが落ちた微かな音とともに、私の足に布地の感触が降り掛かる。スカートが滑り落ちる音。響子が身体をよじる気配。下着を脱いでいくのを感じる。

響子が動く度に、彼女の体臭が私の鼻腔に届く。

甘美で切ない彼女の香り。すべてが閉じられた瞼の向こう側に存在する。

当時の私はセックスはおろか、直《じか》に女性の裸体を見たことさえなかった。そして目を閉じるという行為が、自分の欲望の高まりを、異常なまで助長するということも、もちろん知らなかった。

「目を開けて。そして、私を見て」

掛けられた言葉とともに、吐き出された彼女の吐息が私に届く。私の唇や頬や鼻に、それはやんわりと降り掛かる。その力に押されるようにして、恐る恐る目を開けた。

僅か十数センチ先にある響子の瞳。濃い紫色に濡れたその瞳の中に、私は自分自身の姿を見つけ、それだけで興奮が限界に達してしまった。

瞬時にうめき声をあげ、ズボンの股間を押さえた。全身がガクガクと上下に揺れる。脳天をハンマーで叩かれたような衝撃の中に、身体中に鳥肌が立つような快楽の波が走る。

私は学生ズボンの上から、欲望を吐き出し始めた性器をきつく押さえつける。しかしいくら止めようと思ってもどうしようもない。下着の中で極限まで膨れ上がったペニス。射精は、激流のように続いていく。

ドクドクと精液が下着の中に噴出していく。全身が痙攣する。

響子に見られている。射精している姿を響子に見られている。

悔しさと恥ずかしさに気が狂いそうになって、私は響子をきつく睨《にら》みつける。そのまま床に転がっている自分のシャツと鞄《かばん》を拾い上げると、玄関に向かって駆け出した。

「待って！」

玄関のドアを開けながら一度だけ後ろを振り返ると、全裸の響子が私の方を悲しげに見つめていた。白い肌の上に下腹部の陰毛の翳《かげ》りが浮き上がって見える。女の性が噎せ返るような肉体を惜しげもなくさらしている。

『たすけて』

手紙にあった言葉が、一瞬私の脳裏を過《よぎ》った。しかし、私は足を止めなかった。もう、振り返りさえしなかった。

泣きそうな目をして私を見つめていた響子に、私は一言の言葉さえも残さず、裸の上半身にシャツを引っ掛けると、裸足のまま雨の中に走り出していった。

4

半裸の格好のまま雨の中を家まで走って帰った私は、その日の夜から熱を出し、二日ほど学校を休むことになった。

あまりの高熱が続いた為、姉は大学を休んで私の看病をしてくれた。日頃から優しい姉ではあったが、私が病に臥《ふ》している時はなおさらで、私は素直に姉に甘えた。

二日目にはほとんど体調を戻していたにもかかわらず、それが楽しくてそうやって一日を過ごした。

夜になると私はベッドの上ではあるが、食事を口にすることができるくらいになっていた。空になった器をトレイごと片付けながら、姉が私に声を掛ける。

「他に何かして欲しいこととかある？」

止まる間際のオルゴールの音楽のように、ゆったりとしていて安らげる姉の声。

「お風呂に入りたいな」

「熱がひいたばかりじゃない。お風呂はまだだめよ」

姉のちょっと怒ったような顔を見ていると、さらにもっと困らせてみたい気持ちになる。

「明日は数学の試験があるんだ。どうしても行かなきゃ。でも二日も風呂に入らずに学校へは行けないよ」

「汚れていたって、死ぬことはありません」

「お姉ちゃん、お願い。お願い」

私は何度も姉に向かって手を合わせながら、満面の笑みを向ける。

部屋着の白いコットンのワンピース。ミニスカートからまっすぐに伸びた白い脚が眩しい。

姉が身体を動かす度に、薄いワンピースを通して丸い乳房の形が透けた。

「しょうがないわね。また熱が上がったって、お姉ちゃん知らないからね」

そう言いながら、姉は風呂に湯を入れる為、バスルームへと向かった。

しばらくして、姉が戻ってくる。

「あんまり長湯はだめよ」

「うん、わかったよ」

私はベッドから起き上がった。少しだけ身体がふらついた。慌てたように、姉が私の身体に手を添える。

「そんなことしなくたって、だいじょうぶだよ」

「いいから、遠慮しないの」

姉と肩を組むようにして、部屋を出る。柔らかな姉の身体。脇腹に姉の乳房が当たる。姉の髪の香り。風呂上がりでもないのに、姉の髪からはシャンプーに似た甘い香りが匂った。

脱衣場まで来て離れようとする姉の腕を摑んで、引き止める。

「まだ行かないで」

「どうしたの？　具合、また悪くなった？」

「ううん、それはだいじょうぶ」

「だったら服くらいは自分で脱げるでしょ？」

「お姉ちゃん、背中流してくれないかな」

「病気になって、急に子供に戻っちゃったみたいね」

「だめ……かな？」

「いいわよ、途中で倒れでもしたら大変だしね」

そう言って、悪戯っぽく笑う姉の笑顔を見て、私は決心した。どこかで響子のことを思い出している自分がいる。

「一緒に入ってよ」

「えっ？」

「お姉ちゃんも一緒に入ってよ」

姉が食い入るように、私の目を見ている。私も姉から視線をそらさない。しばらくの沈黙。やがて姉が俯き、私から視線をそらした。

「い、いいけど……」

微かに吐息が漏れるような小さな声。私は一度頷《うなず》いてから、姉に背を向け、服を脱ぎ出した。着ているのはパジャマ代わりのTシャツとボクサーパンツタイプの下着だけだ。すぐに全裸になる。姉も私に背を向け、服を脱いでいるようだった。ふわりと足元にワンピースが落ちた気配がした。

マンションの狭い脱衣場の中で、二人が服を脱いでいる。時折、腕やお尻がぶつかり合ったりした。

私の裸のお尻に、姉の肘《ひじ》があたる。柔らかな姉の身体。私はいつかの夜のことを思い出した。

夜中目を覚ました時、姉は泣いていた。確かに起きていたはずだった。私は布団の中で姉の身体を抱きしめ、髪の匂いを嗅《か》ぎ、姉の手の中に射精した。

あの時、姉は寝たふりをしていたに違いなかった。姉は泣いていたのだ。そして、私は姉の身体をこの手で抱きしめた。

あの夜のことを思い出しているうちに、私のペニスが膨張を始めた。若き熱情の限りを尽くして勃起した性器を、なぜか私は恥ずかしいとは思わなかった。そのままバスルームに足を踏み入れ、シャワーのコックを捻《ひね》る。

すぐに熱い湯が頭に降り注ぐ。室内が湯気でいっぱいになった頃、後ろでドアが開き、姉が入ってきた。私はシャワーを頭から浴びたまま、ゆっくりと振り返る。

全裸の姉。姉の裸を見るのは、小学校低学年の時以来だ。

右手でおざなりに左の乳房を隠しているが、左手は力が抜けたように身体に沿って垂らしている。

着痩せするタイプだったのか、細身に見えた容姿からは想像もできなかったほど、豊かに隆起した胸。簡単に手折《たお》れそうなくらい引き締まった腹部の下には、縦に細く薄《う》っすらと伸びた陰毛が流れている。

姉は微かに顔を背《そむ》け、私の方を見ようとはしない。羞恥心からか目の周りが薄紅色に染まっている。

「お姉ちゃん」

私が声を掛けると、姉は小さな決断を下したかのように、眉間に美しい皺を寄せながら顔を上げ、私を見つめた。

すぐに私の性器が勃起していることに気づく。

姉がその当時、すでに男性の身体を知っていたかどうかはわからない。美貌に恵まれた姉だったから、もしかしたら思いを寄せ合った男性の一人くらいはいたのかもしれない。しかし両親が事故で亡くなってからというもの、私を育てていくことにすべてを捧げていたと言ってもいいほどの生活をしていた姉のことなので、もしかしたら処女の身を守り続けていたのかもしれない。

「お姉ちゃん」

再び私は姉に声を掛ける。

「いいのよ。あなたも、もうそういう歳《とし》なんだから……」

姉は私の身体を見つめたままそう言うと、胸に置いていた右手さえも静かに下ろしていった。

たっぷりと量感を持った乳房。透き通るほどに白く、青い静脈が透けて見えた。その頂にある小さな桜色の乳首が、儚《はかな》げに私の目に触れる。

どれくらいそうしていただろうか。流れるシャワーの湯から沸き上がる湯気が溢れ、私は息苦しくなって初めて、時間の流れに気をとめた。

それまでずっと、姉と私は息をすることさえ忘れたように、ただひたすら相手の肉体を見つめ続けていた。

美しい姉の身体。瞬《まばた》きすることさえ惜しい気がした。できることなら、一生姉の裸体を見続けていたかった。

「お父さんがいたら、性教育とかって、ちゃんとしてくれたかもしれないけど、私達はもう二人だけだから……だから、私が教えてあげなくちゃいけないよね」

「お、お姉ちゃん」

私は無意識に姉を呼んでいた。姉が私に寄り添う。そして両手で私の手を取り、それを自分の乳房に重ねた。

無我夢中で、姉の豊かな胸を揉《も》みしだく。指で触れた先から溶け出してしまいそうなほど柔らかい。女性の乳房がこんなにも柔らかなものだなんて、それまでは想像さえしたことがなかった。

「い、痛いよ。あんまり強くしちゃだめ。女の子には優しくしてあげるものよ」

「ごめん」

「ううん、いいの、わかってくれれば。それで、どんな感じ？」

「うん、すごく柔らかいよ。ふわふわとしていて、とっても気持ちいい。それに、こうやって揉んでいると、なんだか変な気分になってくる」

「わ、私もよ」

姉が切なげに顔をしかめる。

「どうしていいか、わからないよ」

「男の人はね、女の子を心から大切にする気持ちさえあれば、どんなことをしてもいいのよ」

「どんなことでも？」

「そう、どんなことでもよ」

「俺、お姉ちゃんのこと、心から大切に思ってるよ。お姉ちゃんがいなかったら、俺、こうやってちゃんと生きていくことだってできなかったし……それに、お姉ちゃんにほんとに感謝してる。だから大切に思ってるよ」

「うれしいわ。だったら……な、何をしてもいいわ。たか君は……何がしたい？」

「お姉ちゃんのおっぱいが吸いたい」

「えっ？」

「だめなの」

「ううん、だめじゃない。全然だめなんかじゃないわ。いいわよ、お姉ちゃんのおっぱい、吸ってちょうだい」

姉は薄っすらと頬を上気させ、そのまま全身で私のことを包み込むように、両手で私の頭を抱え込んだ。目の前に姉の小さな乳首が見える。私はゆっくりと口を開き、その震える蕾《つぼみ》を含んだ。

「あっ」

姉が小さく声を漏らす。恥じらいの中からこぼれる微かな喘ぎ声。私は慌てて唇を離す。

「ごめん。痛かった？」

「ううん、そうじゃないの。違うの。いいのよ、続けて」

私は姉の笑顔を見て安心し、再び乳首を口に含んだ。甘かった。蕩けるように甘く感じた。舌の上で転がる柔らかな乳首が、少しずつ硬さを増し、膨らんでいった。私は夢中になって、乳首を吸い続けた。

どうしていいのか、何をすればいいのか、まったくわからない。それでも本能のままに、乳首を吸い、舌を絡め、もう片方の乳房をやんわりと揉み続けた。

「ああんっ。はうううっ」

姉の口から漏れ出る声が、バスルームに反響する。その声を聞いて、私の身体にますます力が漲《みなぎ》った。ペニスの硬度が増し、ぴくぴくと脈打つ。私はさらに強く乳首を吸った。姉の身体も震える。

「ああっ。たか君、お願い。少し、休ませて」

姉の乳房から顔を上げる。上気して目を細めた姉の顔が見えた。力が抜けたように、姉が私に凭《もた》れ掛かってくる。蕩けるような柔らかな肉体を受け止める。

姉の太腿《ふともも》に私の勃起したペニスが押しつけられる。脳天を貫くようなあまりの気持ち良さに、思わず目を瞑《つぶ》ってしまった。

「お姉ちゃんの身体が見たいよ」

必死で目を開け、姉に訴える。

「ああっ、やっぱり。見たいのね。私の身体が見たいのね。どうしても……見るのね？」

私は無言で頷く。

「わかったわ。私だけがたか君の家族だもんね。私だけが家族……そう、私だけがたか君の家族よ」

姉はうわ言のようにそう繰り返すと、バスルームの床に腰を下ろした。両膝《ひざ》を立てて、ゆっくりと身体を開いていく。

「たか君、ここに座って。お姉ちゃんのこと、好きなだけ見ていいのよ」

私は姉の両膝の間に手をつき、開かれた下半身を覗き込む。シャワーの湯気の向こうに、真っ赤に熟して口を割った性器があった。

「どう、見える？」

「うん、見える。でも、よくわからないよ。指で広げてもいい？」

「ああ、そんなの……恥ずかしい。でも、見えないとだめよね。いいわ。たか君の好きなようにして」

切なげにそう言うと、姉は自らの肩に埋めるようにして、その顔を背けた。

私は指で姉の性器の裂け目を摘《つま》み、両側に押し開く。中から潤みを帯びた光が溢れ出てくる。まるでそれ自体が艶めく生き物のように、私の鼻先で蠢《うごめ》く。

気がつくと、無意識にそこに指を滑り込ませていた。ヌルヌルとした体液の潤滑によって、私の指はすんなりと体内深く飲み込まれていく。

「ああっ。そ、そんな！」

さっきまでの切なげな吐息が、叫びに変わる。

「ごめん」

「はうっ。い、いいのよ。もっと、たか君の好きにして」

「もっと触ってもいい？」

「いいわ」

「もっと広げていい？」

「ああっ、いいわ」

「もっと深く入れてもいい？」

「ああっ、恥ずかしい。もうすごく奥に入ってる。で、でも、いいの。もっともっと奥に入れていいのよ」

「すごい。すごいよ、お姉ちゃん」

「ああっ。私もすごいわ。たか君、お願い。そこは女の子がもっとも敏感に感じるところなの。だから、もっと優しくして」

姉の濡れた瞳がすがるように向けられる。切なげに訴えかける姉の声。

しかし、興奮に脳みそが沸騰しそうな状態の私には、そんな必死の訴えもまったく耳に入らない。先に滑り込ませた中指に、さらに人差し指も添える。姉の性器の中の柔らかさを指先で味わう。姉の身体が震える。

背後に両手をつき、脚を大きく開き、腰を突き出すようにして、姉はきつく目を閉じたまま、私の指を受け入れてくれている。

「わかる？　お姉ちゃんの身体がどんなになっているか、わかる？」

「すごいよ、ぐちゃぐちゃだよ」

「いやっ！」

しかし、その言葉とは裏腹に、姉の身体がさらに大きく開く。

「お姉ちゃん、すごいよ。ぐちゃぐちゃに融けてるよ」

全裸で脚を大きく開いた姉の性器に、指を深く入れている。あまりの興奮に目が眩《くら》みそうだった。

私は無我夢中で指を動かし続ける。気がつくと、激しい指の動きに合わせて、淫らな音がバスルームに溢れ出していた。

「ああんっ。恥ずかしい」

「お姉ちゃん、すごい、濡れてる。止まらないよ」

「いやっ、恥ずかしい。言わないで」

「ああ、お姉ちゃん。俺も苦しいよ。我慢できない」

姉がきつく閉じていた目を開き、私を見つめる。

熱く濡れた瞳。熱く濡れた唇。熱く濡れた性器。

「たか君、すごい、大きくなってる。苦しいの？」

限界まで膨張したペニスの先から、今にも全身が風船のように破裂しそうだった。ドラムのように激しく叩かれる鼓動に合わせ、カチカチになったペニスが脈打っている。先から透明の粘液が涎《よだれ》のように滴り落ちていた。

「苦しいよ。お姉ちゃん、苦しい。どうにかしてよ」

「ごめんね。今、楽にしてあげるからね」

姉の手が伸びる。白く冷たい手。シャワーの熱気が溢れたこんな熱いバスルームでも、姉の指先は氷のように冷たい。その細くて冷たい指が、私のパンパンに膨れ上がったペニスに絡みつく。

「あううううううっ」

いくらきつく歯を食いしばっても、後から後から情けない声が漏れてしまう。姉がゆっくりとペニスを扱《しご》く。

「どう、気持ちいい？」

「す、すごいよ。ああっ、すごい気持ちいい」

あまりの気持ち良さに意識が遠くなる。私も姉の乳房に手を伸ばしながら、その開かれた美しい身体の上に、自分の身体を重ねた。姉の上からその熱くなった肉体を抱きしめる。

ペニスが姉の下腹部に当たる。ペニスが熱い。

「お姉ちゃん……」

「たか君、それだけはだめよ」

「お姉ちゃん、苦しいんだ。もう、我慢できないよ」

「それだけは……それだけはだめ。お願い、わかって」

「どうしたらいいの？」

「ほんとはね。さっきたか君の指が入っていたところに、これを入れるのよ」

「こ、こんなとこに？」

私は姉がペニスを扱いてくれるのに合わせるように、自分の指の動きも再開した。ドロドロに蕩けた肉の合わせ目が、私の指に絡みついてくる。それを掻《か》き分けるようにして、さらに奥深くを抉り続ける。

「あああああんっ。あうっ。そ、そうよ。そこよ。そこに入れるのよ。あんっ。でも、私達は姉弟だから、これ以上はできない。だから、お姉ちゃんの手で気持ち良くしてあげるから、それで許してね。たか君、ごめんね」

姉の手の動きがどんどん速くなる。あまりの気持ち良さにペニスが腐り落ちるのではないかと心配になる。

「お姉ちゃん、すごいよ」

「ああっ、たか君、ごめんね」

「気持ちいいよ」

「ああんっ、ごめんね。ごめんね。ごめんね」

二人で競い合うように、指を動かし続ける。自分が気持ち良くなればなるほど、二人とも指の動きを激しくしていった。

「お姉ちゃん、だめだ！　あうううっ！」

「たか君、いいわ！　あうううっ！」

びくんびくんと激しく全身を痙攣させる姉の身体に、私の精液が飛び散っていく。髪に、顔に、乳房に、そして黒い陰毛に。

姉が床に崩れ落ちた。その白い身体の上に、熱いシャワーが降り注ぐ。ゆっくりと姉の身体から、私の精液が流れ落ちていく。

すべての思考が停止した。ただ、快楽の余韻だけを味わいたくて、意識がシャワーの音にシンクロする。何も考えられない。何も考えたくなかった。肉体が快楽で飽和する。

どれくらいそうしていただろうか。指先がシャワーの湯でふやけていた。意識を取り戻したのは、姉の方が先だった。

やがて、姉は私を後ろ向きに座らせ、私の背中を洗い流すと、自分の身体は洗いもせず、僅か数分でバスルームを出て行った。閉められたガラス戸の向こう側の脱衣場で、身体を拭いている姉が私に話し掛けた。

「これっきりよ。これっきりだからね」

ドアの曇りガラスに、ぼんやりと姉の裸身が映っていた。

「私はずっとずっとあなたの味方だから。あなたをいつまでも守ってあげる。でも、ここから先は、あなたが本気で守ってあげたいと思う女の子にお願いしなさいね」

脱衣場から姉の姿が消えた。私はそのままバスルームでシャワーの湯を浴びながら、鏡に映った自分の姿をぼんやりと眺め続けた。

鏡を曇らせる湯気が私の姿を濃い霧のように包み込み、いつの間にか私は自分自身の姿を、姉の肉体の幻影と錯覚した。

姉の裸。

曇った鏡の中の姉は、全裸のままいつまでも私を見つめてくれる。私はその鏡の中の姉を見つめ返しながら、自分のまだ勃起したままだったペニスを愛撫した。

激しい愛撫。全身の力を腕に込め、欲望と熱情にはちきれそうなペニスを扱き続ける。

激しく。激しく。激しく。

指がペニスに食い込み、鬱血する。痛みを感じる。私はそれでもひたすら手を動かし続ける。

決して目は閉じない。姉と見つめ合い、姉を思って自慰を続ける。

苦痛と快感が複雑に絡み合うのは、ペニスと心の中とどちらも同じだ。

苦しい。苦しいけど、気持ちがいい。

理性では制御できないところに、甘美で刹那《せつな》的な快楽の本流がある。私は少しずつその流れに身を任せていたわけだが、当時の私はそんなことは露ほどにも考えないまま、ただひたすらに姉への思いを深めていった。

鏡の中の姉の裸体。やがて次の瞬間、それが響子の裸体にすり替わる。一瞬の出来事だった。

私は鏡の中の裸体を見つめながら、次々と訪れる快楽の流れに身を震わせて、信じられないくらい大量に射精した。二度目だというのに、その量は先ほどと少しも変わらない。

波は何度も何度も訪れる。その度に精液が切なくて激しい思いのように、私の肉体から吐き出されていく。

勢いあまった精液は、完全に湯気に曇りきった鏡までも届く。湯気の中の響子の身体に、私の精液が降り掛かった姿が見えた。

5

翌日、学校へ行くと、響子の姿はなかった。あの日以来、休んでいるということだった。

私はクラスの女の子達をつかまえて、響子のことを聞いた。

一人でいれば気のいい女の子でも、三人以上集まれば必然として悪意を生み出す。噴きこぼれるような好奇心と嫉妬《しっと》心は、ほとんど暴力に等しい。奸計《かんけい》などとはよく言ったもので、無意識と意識との狭間《はざま》で謀《はかりごと》をするのは、やはり女の子の本能のようなものらしかった。

「響子はやめた方がいいと思うよ」

制服のミニスカートのプリーツを執拗《しつよう》に気にしながら、その子は言った。左頰にできた小さなエクボがかわいらしい。

ワイドショーのコメンテーターを思わせる、羞恥心や責任感といった言葉の存在すら知らないかのような、無邪気で浅はかで残忍な笑みがちらりと覗く。

時々顔を見合わせては、意味もなくクスクスと小さな笑い声を漏らす悪意に満ちた妖精達。

「どうして？」

私はうんざりとしながらも、決してそのことを気取《けど》られないよう注意しながら、彼女達の笑顔に聞き返す。

軽蔑と同情を心の底に閉じ込めた私は、上手に笑えていただろうか。

「あの子。処女じゃないんだよ」

「えっ？」

「けっこう遊んでるって噂だよ。早瀬君とは接点ないと思うよ」

「でもそれって噂だろう。ほんとかどうかわからないじゃないか」

すぐに別の子が口をはさむ。蒼い縁《ふち》の眼鏡がよく似合っている子だ。外見は笑顔の上手すぎる天使のように見える。

「私、見たよ。あの子が大学生くらいの男とラブホテルから出てくるの。背が高くてけっこうすらっとした感じの男でさ。あの子もちょっと色気があって大人っぽいから、お似合いって感じ。男の方があの子の肩に手なんか掛けちゃって、もうラブホテルも慣れた様子だったわ。それにあの子ってね、夏休みに子供堕ろしたって話もあるしさ」

「それこそ噂だろう」

「それがさぁ、C組の二ノ宮のお姉ちゃんがね、世田谷の産婦人科で看護婦さんやっててさ、そこの病院に偶然にも響子が堕ろしに来たんだって」

「何でそんなことを君が知ってるの？」

「きゃー、君だって。私おかしくなっちゃいそう。もうだめ。早瀬君、私と付き合わない？私、早瀬君が相手なら処女を捨ててもいいわよー」

そう言いながら笑い転げるその眼鏡の子を押しのけるようにして、小柄で金色に近い茶髪の子が割り込んできた。小さくしなやかな身体が洋猫を連想させる。

「あんたいつから処女になったんだよ。二ノ宮とできてるくせに」

「な、何よ。私達はそんなんじゃないよ。まだちょっとしか……」

「いやー、もう想像しちゃいそう」

大声をあげて子猫のようにじゃれ合う三人に背を向けると、私は黙って歩き出した。

響子に男が……私は混乱していた。

その当時まだ高校二年生だった私は、そういう意味では本当に子供だったんだと思う。

恋人がいる。セックスをしている。妊娠して子供を墜ろした。

それは当時の私にとって、想像もできない世界だった。私はもつれた糸を解《ほど》こうとする意欲さえ失ってしまった。教室を出て、薄暗い廊下を歩く。

今日も午後から雨が降るかもしれない。私は脳裏から響子の影を消し去ろうと、ゆっくりと頭を振った。


その日の午後の最初の授業は体育だった。

私はいくら体調が戻ったとはいえ、数日間の高熱によりかなり体力を消耗していた。その日の体育は休むつもりだった。昼休みのうちに体育館の中にある体育教員用の準備室に向かう。

体育の担当教諭は脳みそまで筋肉でできているかのような粗野な性格と、誰が見てもその筋の人間としか見えないような容姿を持った、山崎という三十代の男だった。

その何者をも寄せつけない風貌から、生徒達は山崎ではなく、ヤクザキと呼んで、けっこう恐れていた。

廊下ですれ違った生徒の挨拶の声が小さいというだけで、その場で腕立て伏せ五十回を強制するような時代錯誤な教師だったが、日常的に腕力に物を言わせた体罰的な指導をするので、誰も表立って逆らう生徒はいなかった。どうやら教員同士でも煙たがられているような雰囲気もあった。

私は体育教官室のドアをノックした。

「失礼します。二年B組の早瀬、入ります」

私は軍隊調に声を張り上げて部屋に入った。部屋の中には山崎一人しかいなかった。他の体育教師は山崎を嫌ってか、一般の職員室を利用することの方が多いと聞いたことがあった。

「どうした早瀬？」

部屋に入ってきた私を認めた時、山崎の顔色が変わったような気がした。しかしそれも一瞬のことで、私はさして気にもとめなかった。

「今日の体育の授業なんですが、見学にさせていただきたいのです」

私は山崎の顔を見ながら言った。えらの張った大きく四角い顔。皺に覆われたその肌は、まるで漁師が潮焼けしたかのように、真っ黒に日焼けしている。角刈りの頭には若白髪が目立つ。岩石のように盛り上がった上半身の筋肉は、今にも着ているナイキのTシャツを突き破りそうだった。

「だめだ」

間を置かず、山崎が答えた。私は一瞬、自分が聞き違いをしたのだと勘違いした。

「えっ？」

山崎に聞き返す。

「何度も言わせるな、だめだ。授業には出ろ」

「しかし、僕は昨日まで熱を出して休んでいたんです」

「具合が悪いなら、なんで今日も学校を休まない？　治ったから出てきたんだろう。なら授業には出ろ」

無茶苦茶な理屈だった。この男はいったい何を考えているのだろう。

私はそれでもなお食い下がろうと、何か言おうとしたが、まるで憎悪に燃えているような山崎の目を見て、自分の言葉を思わず飲み込んだ。

「わかりました。失礼します」

こんな人間に何を言っても無駄だろう。

私は諦《あきら》めて部屋を出ようとした。

その時、山崎に呼び止められた。私が振り返ると、山崎はじっと足元の床を見つめていた。

私とは視線を合わせようとしない。山崎はずっと黙ったままだった。

遠くの校庭の方から、にぎやかな歓声が聞こえる。

いつまでそうしていただろう。いい加減焦《じ》れて、私が再び声を掛けようとした時、山崎のいかつい肩が小さく震えた。

「早瀬。お前、親父さんが亡くなっているそうだな」

「…………」

「お前の親父さんって、もしかしたら交通事故で亡くなったのか？」

「そうだとしたら、どうだって言うんですか？」

この男はいきなり何を言い出すのだろう。

私は挑戦的に山崎を睨みつける。しかし山崎は依然として顔を上げなかった。まるで足元に大切な何かが埋められてでもいるかのように、ひたすら床を睨みつけている。

「いや、つまり、その、なんだな……お前の親父さんって、ハヤセピアノ工業の社長だったか？」

その時の私は、まるで不思議な生き物でも見つけたかのような驚愕に満ちた顔で、彼のことを見つめていたに違いない。

人は想像もしていなかったことをいきなり切り出されると、頭の中が真っ白になるものだということを、私はこの時知った。

「はい。確かにハヤセピアノ工業は、父の会社でした。もっとも事故で亡くなるまでの話ですが……」

「そうだな。社長のワンマン経営で成り立っていた会社だった。お前の親父さんが亡くなった後、他の役員達が会社を引き継ぐと、それまでの好調が嘘のように、ハヤセピアノ工業は業績不振に陥った。お前の親父さんには創業社長としてのカリスマ性があったんだと思う。ヤマハやカワイといった大手企業が幅を利かせる業界の中でも、お前の親父さんの会社は特殊な位置を占めていた。ドイツのマイスターに学んだ、職人的な仕事をする技師達がやっている町工場と独占契約をして、クラシカルな質感を売り物にした高級国産ピアノをオリジナルブランドとして販売し、高い評価を得ていた。そんな中で社長が突然の事故死だ。経営不振に陥った後継役員達は、コストの高いオリジナルブランド販売から手を引いた。専属契約をしていた町工場を切り捨て、会社の規模を縮小して、大手メーカーの商品だけを仕入れて販売するようになった」

山崎の瞳には、どこか虚無的な影が見えた。しかしその奥深くにひっそりと隠れているのは、憎悪の炎だろうか。

「そんなに詳しく、よくご存知ですね。父が亡くなった後、姉は会社の経営権をすべて他の役員達に譲渡しています。その後のことはわかりません」

「そうか。会社を売っちまった後のことは、与かり知らんというわけか」

「別にそんな言い方しなくたって……」

「お姉さんはどんな人なんだ？」

「先生には関係ないと思いますが」

「そうだな」

「…………」

「俺にも歳の離れた兄貴がいた。子供の頃から勉強ができて、それでいて俺にいつも優しくて、自慢の兄貴だった。俺は本当に兄貴のことを尊敬していた。大学の工学部を出た後、ドイツに留学していた兄貴は、町工場をやっていた親父が病で倒れたのをきっかけに、帰国して家業を継いだ。親父は油にまみれながら、毎日毎日小さな小さな楽器の部品を作り続けていたが、兄貴はその町工場で国産高級ピアノを作り出し、たちまち工場を大きくした。大手の販売会社から専属契約を取り付け、親父一人でやっていた工場も、工員が十人を超えるようになった。兄貴はいつだって一生懸命だったよ。早朝から深夜まで工場に籠って、仕事に夢中になっていた。楽しかったんだろうな、ピアノを作るっていうことが」

山崎が初めて顔を上げ、私の方を見た。静かな目だった。

「兄貴の作るピアノはただの楽器なんかじゃない、芸術品だったよ。音楽なんてこれっぽっちもわかりゃしない俺にだって、それだけは感じられた。兄貴のピアノには天使が宿っていたんだ。作りかけのピアノに向かっている時の兄貴の姿は、まさに天使を創造する神の姿そのものだった。兄貴に大学まで行かせてもらった俺が、卒業して教師の職を得て独立すると、兄貴は銀行から融資を受けて工場をさらに大きくした。工員を三倍の三十人に増やし、新しい製造機械も購入した。工場も建て替えた。その頃はもう寝たきりになっていた親父は、兄貴をそれこそ本当に神様みたいに拝んでいたよ」

その時の私の顔は、きっと死人のように蒼褪《あおざ》めていたに違いない。

山崎の指の間に挟まれていたタバコが、いつの間にか燃え尽きようとしていた。

山崎は話を始めた時に火を点けたっきり、とうとう一度もそのタバコを口に近づけることはなかった。灰が山崎の紺色のジャージのズボンに落ちる。

「注文のすべてをもらっていた取引先から、契約の打ち切りを申し渡されたのは、そのすぐ後のことだったよ。社長交代後の経営不振を理由に、オリジナルブランドの販売から撤退し、大手メーカーのピアノだけを取り扱うことに方針転換したということだった。兄貴の工場は潰れ、借金だけが残った。責任感の強かった兄貴は、解雇した従業員達に退職金さえ払ってやれなかったことが、本当に悔しかったようだった。寝たきりの親父と年老いたお袋、そして多額の借金。追い詰められた兄貴が、その借金の返済に自分の保険金を充てることを決断するのに、そう時間は掛からなかった」

「…………！」

「銀行によって差し押さえにあった工場の片隅で、兄貴は首を吊った。三ヶ月前のことだ」

私は唇を強く噛みしめ、絶対に泣くものかと、拳《こぶし》を強く握りしめた。山崎は私に背を向けると、そのまま二度と口を開くことはなかった。

せめてもの抵抗で、私は後ろ手にドアを乱暴に閉めた。背後で想像以上に大きな音を立て、ドアが閉じた。

目の前には響子がいた。あまりに突然のことに私は驚いたが、顔を見られることが恥ずかしく、響子を突き飛ばすようにその場を離れた。

「早瀬君……」

背後に響子の声が響く。それでも私は決して振り返らなかった。

もしかしたら、今の話を立ち聞きされたかもしれない。

しかし、もうどうでもいいことのような気がした。そう、もうどうだっていい。何もかも。


体育の授業が始まった。山崎の大声が響く。

「今日の授業は持久走をやる。全員、校庭を二十周だ」

校庭は四百メートルのトラックになっている。その外周を二十周走るということは、八キロ以上になる。

全員が小さく悲鳴をあげる。しかし、表立って山崎を非難するほど度胸のある者はいない。

全員が重い足取りでスタート地点へと向かう。

雨雲が広がっている。埃臭い湿った空気が重たく伸《の》し掛かる。今にも雨が降り出しそうだった。

「それから早瀬。お前だけは四十周だ」

「な、なぜですか？」

「お前は俺の授業をサボろうとした。根性が腐っているから、叩き直してやる」

畜生！　私は心の中で叫んで、全員の先頭を切って駆け出した。

畜生、畜生、畜生、畜生、畜生、絶対に負けるもんか！

畜生、畜生、畜生、畜生、畜生、絶対に負けるもんか！

畜生、畜生、畜生、畜生、畜生、絶対に負けるもんか！

一周ごとに息が上がり、呼吸すること事態が苦痛へと変わっていく。激しい呼吸のリズムに合わせるように、私は心の中でなおも繰り返し叫ぶ。

畜生、畜生、畜生、畜生、畜生、絶対に負けるもんか！

山崎が仁王立ちになって私の方を見ている。二人にとって、すでに同じグラウンド上の他の生徒達の存在は意味を持たないものになっている。

父のことなど、正直どうでもよかった。それでも、私はどうしても山崎に負けるわけにはいかなかった。

畜生、畜生、畜生、畜生、畜生、絶対に負けるもんか！

いつの間にか雨が降り出していた。乾いたグラウンドにあっという間に吸い込まれていった雨粒は、たちまちあちこちに水溜りを作った。

どこかで雷が鳴っている。スコールを思わせるような激しい雨。

二十周を終えた他の生徒達は、逃げ出すように校舎へと走り込んでいく。視界さえはっきりとしないほどの豪雨の中で、それでも私は走り続けた。

一周。そして、また一周。

息があがり、心臓が爆発しそうだった。たっぷりと水分を含んだジャージが、鎧《よろい》のように重く感じる。もはやこの雨の中、グラウンドにいる者は山崎と私だけだった。

山崎は滝のような雨の中で、ずっと腕組みをしたまま、私を睨みつけている。

一周。そして、また一周。

いくら口を開けても、少しも酸素が入ってくる気がしない。すでに授業時間は終わっているのかもしれない。もはや校舎の壁に埋め込まれている時計を見る力さえ残っていない。

一周、そして、また一周。

畜生、畜生、畜生、畜生、畜生、絶対に負けるもんか！

姉を、姉を守るんだ。俺たちは二人で生きてきたんだ。お姉ちゃんが俺を守ってくれたんだ。その生き方を否定する奴は許さない。俺は絶対に負けない。負けるもんか。バカヤロー！　負けるもんか！

「四十周だ。そこまで！」

遠くで山崎の声が聞こえた気がした。

お姉ちゃん！

私はそのまま意識を失った。

気がつくとベッドの上だった。

たくさんの染の浮き出した白い布製の衝立《ついたて》が、周囲を囲んでいる。湿気を帯びて重たくなった布団が、首の上のあたりまで掛けられていた。

消毒液や何かの薬品の匂いが、布団に染みついた埃臭さと入り混じって、微かに鼻に届いてくる。

それ以外は激しい雷雨が窓ガラスを叩く音だけが、部屋の中に伝わってくる唯一の情報だった。

それでも、私はかなりの長い時間、ここに寝かされていたらしいことに気づく。もともと薄暗かった空が、さらにその度を増していた。もう夕方に近いのかもしれない。

視線をベッドの周りに移す。どうやら保健室のベッドに寝かされているようだった。

私は体育の授業で居残りのマラソンをさせられ、その最中に意識を失ったことを思い出した。

保健室に二つあるベッドのもう一方を見るが、そこには誰もいなかった。

首を巡らせ反対側を見る。そこには折りたたみ椅子に腰掛け、心配そうな顔で私を見つめている響子がいた。彼女の漆黒の瞳の中には、弱々しく横たわる私の姿が確かにあった。

「早瀬君、気がついたのね。よかった」

響子がそう言って身体の前で両手を合わせると、もともと大きな胸が腕によって寄せられて、さらに豊かに突き出される。

私は響子の家に寄った日のことを思い出した。あの日も雨だった。

響子の透き通るような白い身体。

ほんの一瞬見ただけだったが、柔らかな曲線を持ったあの美しい肉体の残像が、いつまでも脳裏にこびりついたまま離れなかった。

その身体が今、目の前にある。それも手を伸ばせば届きそうなくらい近くにだ。

私は自分の肉体に変化の兆しが現れたことに気づく。あっ、と思ったその瞬間には、すでにもうそれは私の意思の自由になる領域を超え、欲望のほとんどを注ぎ込まれて膨張しきっていた。

私はその肉体の変化を響子に悟られたくなくて、身体の向きを僅かに変えようとした。その時になって初めて、自分がほとんど服を着ていないことに気づいた。

布団の中で手探りで確認してみたが、着ているのはLLサイズのTシャツ一枚だけだ。丈《たけ》がずいぶん長く、太腿の途中くらいまでは一応隠れている。

私が布団の中でゴソゴソと身を捩《よ》じらせていることに気づいたのか、響子が急に悪戯っぽい顔をして、私に笑い掛けた。

「体育の次の授業が始まったのに早瀬君だけが戻ってこなかったでしょう。だから私、急にトイレに行きたくなりましたって嘘をついて、授業を抜け出してきたの。校庭に出てみると、ちょうど早瀬君がグラウンドに倒れるところだった。駆け寄ったヤクザキが早瀬君を担いできたから、私も一緒に保健室に来たの。保健室の中川先生が手当てしたんだけど、ちょっと微熱があるだけで、たいした問題はないだろうって。おそらく数日間熱を出して寝ていて、いくら治ったとはいえ、体力がかなり落ちているところへ急激に身体に負担を掛けたから、一時的に気を失っただけだろうって言ってたわ。ヤクザキ、中川先生にだいぶ絞られてたわよ。なんで病み上がりの生徒にこんな無茶をさせるんだってね」

響子は私の顔を覗き込みながら、さもうれしそうに話を続けた。

「それでさっさと退散しちゃったヤクザキなんて放っておいて、私と中川先生で早瀬君をベッドに寝かせようって頑張ったの。早瀬君もやっぱり男ね、けっこう重かったわ」

私は響子が「やっぱり男ね」と無邪気な笑顔で言った言葉だけが、やたら気になってしかたなかった。

「そ、それでその……」

「なあに？」

「いや、その……」

うふふっ。響子が我慢しきれないというように噴き出した。

「心配しなくても、だいじょうぶよ。早瀬君の身体は私以外、中川先生にだって見せてないわ。雨でパンツまでぐっしょり濡れていたから、ベッドに寝かせるにしても服を全部脱がさなくちゃいけないでしょう。いくら保健室の先生とはいえ、中川先生だって二十代の未婚の女性だからね、ちょっと困った顔をしてたから、私言ってあげたの。『彼の身体は普段から見慣れていますから、着替えは私がさせます』ってね。先生ちょっと驚いていたけど、恋愛は自由よねぇ、なんて言って結局は私に任せてくれたわ」

「なんでそんな出まかせを……」

「あら、この間早瀬君が途中で帰らなければ、あの後で実際にそうなってたかもしれないんだから、まんざら出まかせでもないいんじゃないかしら？」

そう笑顔で言う響子を、私は怒っていいのか呆《あき》れていいのか、判断に困った。

「それで中川先生は？」

「その時にちょうど、美術の授業中に彫刻刀で指を抉っちゃった子が担ぎ込まれてね、『あとは頼んだわ』って言って、その子を連れて市立病院まで行っちゃったわ。だから安心してね。早瀬君の身体を見たのは私一人だけだから」

「君が一人で全部着替えさせてくれたの？」

「ええ、そうよ。服を全部脱がせてあげてから、タオルで身体を拭いて、それから保健室に備え付けのＴシャツを着せてあげたの。早瀬君、途中でちょっとだけ意識を取り戻しそうになったから、私ドキドキしちゃったわ」

「何もそこまで君一人でしなくても……」

「あら、早瀬君だって私の身体を見たんだから、これでおあいこだと思うんだけど」

「僕はちょっとしか見てないよ」

「あら、やっぱりちょっとは見たわけね」

響子がそう言って笑い出した。とっても優しい笑顔で。私もつられて笑い出す。本当に不思議な子だと思う。

「でも、本当にちょっとだけだよ」

私の頬が熱を帯びていたのは、微熱のせいばかりではなかっただろう。

「だったらもっとちゃんと見せてあげようか？」

響子の顔から微笑みが消える。まっすぐに私を見つめてくる。

「えっ？」

「もっとちゃんと見せてあげてもいいよ。それなら本当におあいこになるでしょ」

「…………」

「早瀬君、私の身体なんか見たくない？」

私は無言のまま、慌てて首を横に振った。それを見て、響子の顔に笑みが広がる。

「よかった。この間早瀬君急に帰っちゃったから、私悲しかったんだよ」

「ご、ごめん」

「いいの。私ね、早瀬君のことが好きだよ。早瀬君は私のことどう思ってる？」

「どうって……そ、それは」

「ううん、まだ答えはいいの。いきなりこんなこと言われても困るでしょ。ごめんね。でもね、いつの日か、もしも私のことを大切だって思える時がきたら、その時は……」

「その時は？」

「私をたすけてね」

「たすける？」

私はあの手紙のことを思い出した。

響子はそれきりで口を噤《つぐ》む。二人の間に沈黙の空気が流れる。響子が私を見つめてきた。

喉が渇く。思わず唾を飲み込んだ音が、響子に聞こえてしまったかもしれない。

白い制服のブラウスを盛り上げている響子の胸の膨らみを、つい無意識に見てしまう。呼吸をする度に、豊かな胸がさらに大きく膨らむ。

響子の顔にはもう笑みは戻ってこなかった。そのかわりひどく思いつめた眼差しで、私を見つめ返してくる。

あの吸い込まれそうな瞳が、一瞬のうちに琥珀《こはく》色に輝きを変えた。

妖しいほど細くて白い指が、ブラウスのボタンに掛かる。もともと外されていた第一ボタンのすぐ下に指が滑る。二つ目のボタンが外れると、椅子に腰掛けて少し前屈みになっていた響子の胸の谷間が、私の目に飛び込んできた。

白い肌。女の子の肌って、なんでこんなに白くてきれいなんだろう。

「早瀬君……」

響子の指が三つ目のボタンに掛かった。その時、響子の後ろでドアが開く音がした。

突然のことに響子は慌てて第二ボタンを留め直した。指が震えている。それでもドアに背を向けたまま、はだけかかったブラウスを直した。

私は響子の肩越しに、保健室のドアに目をやる。市立病院に行っていた中川先生が帰ってきたようだった。

中川先生は顔を見合わせて盗み笑いをしている私達を見て、しばらくの間、不思議そうな顔をしていた。

6

私が体育の授業中に倒れてから、一週間が過ぎようとしていた。その日も朝から空は重たい雲に覆われ、今にも雨が降り出しそうな湿った空気が漂っていた。

今年の秋は雨が多い。

私が帰宅するために校門を出ようとした時、クラスメイトの女の子三人が声を掛けてきた。いつだったか響子について話を聞いた三人組だ。

無邪気な笑顔を向けてくる。罪の意識のない悪意は、執拗さにおいて謀より性質《たち》が悪いものだ。

「早瀬君、一緒に帰りましょう」

こんな時の女の子の笑顔ほど、危険な香りのするものはない。その華やかな仮面の下に、いったいどんな素顔が隠れていることか。

「その後、響子とはどう？」

あのエクボの子だ。

「どうって、別に彼女とは何でもないよ」

「だったら言うけど、響子だけはやめた方がいいよ」

「それ、どういう意味？」

私の声がちょっときつくなったせいもあったかもしれない。女の子達が少し怯《ひる》んだ様子で、顔を見つめ合っている。

少し苛立《いらだ》った私は、さらにきつい声をあげ、女の子達に詰め寄った。

「いったい何を知ってるんだ」

私は眼鏡の子の腕を掴んで、何を食べたらこんなに痩せられるのかと思うほどの細い身体を、ガクガクと前後に揺さぶった。

「い、痛い。言うわよ、言うから、ちょっと手を離して！」

私は慌てて手を離した。

「もう、痛いじゃない。響子のことになるとムキになるのね」

「べ、別に……」

「まあ、いいけど。でも、あの子は早瀬君の手に負えるような子じゃないと思うよ」

「どういう意味だよ」

「大学生くらいの彼氏と相変わらず付き合っているみたいだし。この間も学校の校門までブルーのＢＭＷがお迎えに来てたわ」

「そんなことか……」

エクボの子が再び口を挟む。

「それどころかあの子、うちの学校の先生ともできてるって噂よ」

「何を馬鹿なことを」

「本当よ。放課後になると体育のヤクザキのところへ、たった一人で通ってるんだって。この一週間ずっとよ。ヤクザキ一人っきりの体育教官室に行って、ずっと出てこないんだって。二人でいったい何をしてるんでしょうねって、けっこう噂になってるわよ」

この一週間……彼女と山崎が。

私は泣きたくなるくらいの怒りと悔しさを、一瞬のうちに胸の中で湧き上がらせ、それと同時に、すべての冷静な思考が停止した自分を感じた。

自分の身体がもはや自分のものではない気がする。言葉では形容しようがないほどの心のわだかまりは、もはや私の精神を支配し、私のすべてを別のものへと変貌させた。

心の中は凍りついたように冷たくなっているのに、肉体は血や細胞の一つ一つが沸騰しているように熱くなっている。

「早瀬君――」

後ろで私を呼ぶ声がしたが、その時すでに私は学校へと取って返し、全力で駆け出していた。周りの景色が渓流を流れる水のように、私の身体の周囲をすり抜けていく。息も吐《つ》けぬほど全力で駆けているのに、少しも苦しいとは感じなかった。

苦しいとかきついとか、そんな感覚はすでに麻痺《まひ》し、ただひたすらに走り続けることしか、その時の私には考えられなかった。

校門を駆け抜け、靴のまま体育館に飛び込んだ。入り口のところで、何人かの生徒と肩がぶつかるが、振り返りもせずに走り抜ける。

そのまま一番奥にある体育教官室まで走って行き、まるで体当たりするかのように、ドアを開けた。

バーンと大きな音を立てて、ドアが開く。

その瞬間に見た光景は、そのまま私をモノトーンの狂気の世界へと突き落とした。

呆然《ぼうぜん》と立ち尽くす私。

凍りつく心。

狭《せば》まる視界。

匂いのない世界というものに、初めて足を踏み入れた気がした。目の前にあるその世界は、匂いがないと感じるだけで、色も音も感触もそのままなのに、ひどく現実感は乏しい。

遮断されてしまった感覚の中で私が唯一理解したものは、両脚を投げ出すように床の上に座り込んだ響子の豊かな胸に、顔を埋めている山崎の姿だけだった。

ワックスで磨き上げられた床の上に響子の紺色のプリーツのミニスカートが広がり、剝《む》き出しになった太腿の白さだけが際立って目に飛び込んできた。

私はカラカラと音を立てて回る十六ミリフィルムの映像のようなその光景を見つめながら、響子の髪を摑みあげ彼女の頰に平手打ちをするか、山崎の胸倉を摑んで彼に握り拳を叩きつけるか、判断に迷っていた。

しかし、最終的に私が取った行動は、二人に背を向け、黙ってその部屋を出て行くことだった。


普段は興味のないゲームセンターに足を向ける。カラオケとハンバーガーショップに挟まれた小さな店だ。

ガラスの自動扉が開いて中に入ると、公衆トイレを思い出させるようなきつい芳香剤の匂いが鼻をついた。効きすぎた冷房が額に滲んだ汗を吸い取っていく。

嫌悪感を伴うほどの光と音が、洪水のように押し寄せる。

きらびやかな虚飾と欺瞞《ぎまん》に溢れた空間。百円玉で買えるひとときの虚構に、自らの意思で思考を停止させて挑む。

私にできるささやかな逃避の世界。

コインを入れると、テレビ画面にゾンビが現れる。ゆっくりとした動作で、私に襲い掛かってくる。私はそれを続けざまに拳銃で撃ち殺す。

次々と現れるゾンビ。狂ったように銃を撃ちまくる私。弾がなくなるとすぐに装塡《そうてん》し、そしてまた撃ちまくる。

死ね。死ね。死ね。死ね。死ね。死ね。死ね。

銃弾に倒れるゾンビ。私は撃ちまくる。GAME　OVERのテロップが画面に流れても、私はひたすらに引き金を引き続けていた。

気がつくと、視界がぼやけて見えた。


家に着いたのは八時を少し過ぎた頃だった。姉が玄関の鍵を開けてくれる。

「たか君、今日は遅かったのね。先にお風呂入っちゃったわよ」

姉の濡れた髪から、シャンプーの香りが漂う。いつも思うのだが、同じシャンプーを使っているはずなのに、どうして姉の髪からはこんなにいい香りがするのだろう。

私が靴を脱ぎやすいようにと、姉は屈み込んで、玄関に脱いであった自分の靴を端に寄せた。片膝をついて座った姉を、私は靴を履いたまま、上から見下ろす形になった。

襟ぐりの大きなカットソーにショートパンツというラフな姿の姉。最近よく姉がパジャマ兼用の室内着にしている格好だった。

屈み込んだ拍子に、姉の胸元が開く。風呂上がりの為に、ブラジャーはつけていない。白い肌が眩しかった。両方の乳首はおろか、お臍《へそ》のあたりまで見えてしまう。

私は黙って姉の胸を見ていた。柔らかな丸みを帯びた曲線が、私の視線を釘付けにしてしまう。

靴を揃え終えた姉が、上目遣いに私を見上げた。目と目が合ってしまう。

姉は黙って立ち上がった。私が胸を覗き込んでいたことには、間違いなく気がついたはずだ。しかし、姉は胸元を左手でそっと押さえただけで、何も言わなかった。

「図書室に寄っていたから遅くなったんだ。お腹空《なかす》いたよ」

姉の視線が苦しくなって、私は内心の動揺を誤魔化《ごまか》すかのように、目をそらせて、そう言った。

「すぐご飯にするから、先にお風呂に入っちゃって。今ならまだ沸かし直さなくても温かいから……」

姉はそれだけ言うと、そのままキッチンへと行ってしまった。

私は姉の後ろ姿をずっと見ていた。白いパイル地のショートパンツは、ほんの僅かな布地しかないような下着を透かせて見せていた。

姉の姿がキッチンに消えてからしばらくしても、私は靴も脱がずに玄関にずっと立っていた。


着替えのパジャマを洗濯機のフタの上に放り出すと、シャツを脱いで脱衣籠《かご》の中に放り込む。ズボンを脱いで洗濯機の上に載せる。靴下、Tシャツ、パンツと順番に脱いでいき、それらを再び脱衣籠のフタを開けて放り込む。

ふと、手を止めた。籠の中に姉の下着が見えた。小さく折りたたんで、籠の下の方に押し込んである。

姉は風呂上がりだったから、その直前まで身につけていたものに違いなかった。

私は無意識に姉の下着に手を伸ばす。そんなことはありえないとわかっていても、なんだかまだ姉の温《ぬく》もりが残っているような、そんな気がしてくるから不思議だった。私の手の中にあるこの小さな布切れが、ほんのさっきまで姉の身体を包んでいたのだ。

姉の下着を両手で広げてみる。激しい罪悪感。罪と背中合わせの快楽。私は洗面台の鏡に映った自分の姿を見る。

裸の私。そして、再び姉の下着を見る。

私のいかつい両手の中で、それは頼りないくらい小さくそして儚げに感じられた。

姉の下着。姉の下着。私の姉の下着。

気がつくと、私は手に持った姉の下着に顔を埋めていた。微かに香る汗の匂い。姉の香りだ。ガクガクと震える膝が堪《こら》えきれず、その場に崩れるように座り込んだ。

そっとペニスに手を伸ばす。指が触れた瞬間、身体中の神経を鷲《わし》摑みにされたような鮮烈な快感が駆け抜けた。目を開けていることもできない。指が火傷《やけど》しそうなくらい、触れたペニスは熱を発している。

左手で姉の下着を顔に押しつけ、右手でペニスを愛撫する。引き千切るくらいの強い力を込め、ペニスを扱き上げる。

閉じた瞼の裏側に閃光《せんこう》が走る。呼吸が苦しいのは、下着によって鼻と口を覆われているせいばかりではない。目を閉じて、下着で顔を覆って、ただひたすらにペニスに快楽を送り続けていると、まるで全身が巨大なペニスになったような錯覚に陥る。

僅か数十秒で、私は快楽の絶頂を迎える。一秒でも多く私はその快楽を味わっていたくて、必死で射精の欲望に耐える。

全身の筋肉を引き締め、括約筋に神経のすべてを集中して堪える。しかし私のその意思も肉体的な絶頂感のもとでは、僅か数秒の抑制しか続けることはできない。

すぐに私は無理矢理に全身を弛緩《しかん》させられ、射精を始める。一定のリズムとともに吐き出される精液。官能の激流が肉体を押し包む。

大きく身体が前後に痙攣する。飛び出した大量の精液が脚に降りかかる。私は、その精液を熱いと思った。

その時だった。勢い良く開いた洗面所のドアから、姉が顔を出した。最悪の事態が起こったのだ。

私が風呂に入ると言って、この脱衣場兼洗面所に入ってから、すでに五分近くが過ぎていた。きっともう私がバスルームにいるに違いないと思って、姉はドライヤーで髪を乾かしにでも来たのかもしれない。

「あっ、ごめんなさい」

姉は私に気づくと、すぐに再びドアを閉めた。一瞬のことに、私は身動き一つできなかった。

姉に見られた。それも全裸で床に座り込み、ペニスを扱きながら射精している姿を。

私はまるで断崖から突き落とされたような感覚に、目の前が真っ暗になった気がした。絶望に何も考えられなくなる。

姉に見られた。自慰行為を。射精の瞬間を。それも姉自身の下着に顔を埋めている姿をだ。死にたい気分というのは、きっとこういうのを言うに違いない。ドアの向こう側から、再び姉の声がした。

「その下着、終わったら脱衣籠に戻しておいてね」

その一言だけだった。

私はのろのろとした動作で、姉の下着を脱衣籠に戻した。バスルームのガラス戸を開け、中に入る。

すぐにシャワーのコックを捻り、湯温を調整する。いつもより熱めのお湯を頭から掛ける。身体にボディソープを塗りたくる。

ペニスは情けないくらい萎《しぼ》んでしまっていた。太腿についた精液が熱い湯によって身体にさらに粘りつく。

精液は高い温度の湯だと、水よりかえって取れにくい。私は指を使って、一生懸命にこびりついた精液を洗い落とそうとした。まるで先ほど姉に見られた醜態を、すべて洗い流そうとするみたいに……。

しかし、いくら強くシャワーを掛けても、なかなか精液は流れ落ちてはくれなかった。

髪を乾かして、私はそのまま自分の部屋へと向かった。とても姉の顔をまともに見られる精神状態ではなかった。ましてや食事しながら話すなど、そんな自信はまったくなかった。

しかし、ダイニングの脇を抜けて、自分の部屋に入ろうとした時、私は姉に呼び止められてしまった。

「食事できたから、食べましょう」

「お、俺、いらない」

「せっかく作ったのよ。ちゃんと食べてよ」

「今、食べたくないんだ」

姉が廊下に出てきて、私を見つめる。私はまっすぐに姉を見ることができなくて、下を向いてしまう。うつむいた私に、ショートパンツから伸びた姉の白くてまっすぐで細い脚が見えた。美しい脚だと思った。

「隆。さっきのこと、お姉ちゃんなんとも思ってないよ」

一言だけそう言うと、姉は私の手を引いて、ダイニングテーブルに着かせた。

姉がテレビをつける。姉が好きで毎週観ている連続ドラマだ。よそってくれた味噌汁に口をつける。温かかった。

私は涙ぐみそうになるのを必死で堪えながら、姉の作ってくれた料理に箸を伸ばした。味はほとんどわからなかったが、姉の温かさだけはしっかりと感じられた。

どうしても我慢できなくて、私は一滴だけ涙をこぼした。

姉はずっとテレビを観ていてくれた。

7

翌日の朝。私は教室に足を踏み入れた。

響子に会った時、なんて声を掛けるべきか、ずっと私は答えを出せないでいた。彼女を責めるつもりはなかったが、顔を見ただけで、彼女を傷つけるような酷いことを言ってしまいそうだった。

しかし、響子はその日、学校を休んでいた。

昼休みに山崎に呼ばれた。体育教官室に行く。いつものように山崎はたった一人で、机に向かっていた。

雑然とした部屋に山崎一人。

私は昨日の山崎と響子が抱き合っている姿が脳裏に浮かんでしまい、それだけで吐き気がし、気分が悪くなってきた。

「話って何でしょうか？」

「まあ、そう怖い顔をするな。立ってないで、椅子にでも座ったらどうだ」

「いえ、このままでいいです」

私は今どんな顔をしているのだろうか。恐らく憤怒《ふんぬ》の表情を浮かべているに違いない。

「早瀬、コーヒーでも飲むか？」

「いりません」

机の上には飲みかけたコーヒーのカップ、吸殻の溢れた灰皿、角の折れたスポーツ雑誌、それに擦《す》り切れた保健体育の教科書。

「仁科のことだけどな……」

初めて山崎が私を正面から見た気がする。山崎の目から、この間までの憎悪が消えていた。

仁科というのは、響子の苗字だった。その名前を口した山崎は、何もかも悟った僧侶のように、穏やかな表情をしていた。

「仁科と何をしていたんですか？」

「なんだか変な噂が流れているらしいな」

「噂だけじゃないです」

「ああ、昨日のことか。あれは違うんだ」

「違うってどういう意味ですか？」

「そ、それは……もちろん、仁科とは何でもない。お前が誤解したようなことは何もないんだ」

「よく、意味がわかりません」

「誤解なんだよ。お前が授業中に倒れた日、その後で俺のところへ仁科が来たんだ。その前にも俺とお前の話を立ち聞きしていたらしくて、俺の兄貴とお前の親父さんとの関わりについて知っていた。仁科は俺に話をしに来た。お前に対する仕打ちは、俺自身を苦しめるだけでなく、俺の兄貴をも貶《おとし》めることになるって言ってなぁ……」

「彼女がそう言ったんですか」

「ああ。俺だってそんなことは百も承知だった。お前を憎むことだって、逆恨みに過ぎないって、頭ではわかっていたんだ。それでも誰かを憎まなきゃ、やりきれなかった。俺にとって憎むことが、生きることの糧《かて》になっていたんだ。でも誰も憎むことができないでいた。そこへお前が転校してきた。お前の担任から、お前の身の上話を聞いて、これこそが神が俺に与えてくれた生きる道なんだと思った。俺はそんな弱い人間なんだよ。あの日、お前は倒れた。俺はなんだか自分の生きがいを見つけたような気がしたよ。毎日毎日、お前をこれからもずっとずっと憎み続けていくことこそ、俺の人生のすべてだと思えた。これからもお前に嫌がらせを続けるつもりだった」

「僕は何も――」

「ああ、わかっている。頭では俺だってわかってるんだよ。でも傷つき腐りかけた俺の心は、俺の思うようにはなってくれなかったんだ。そこへ仁科がやって来た。俺の手を取って、こう言った。『先生のお兄さんが作ったピアノは、その美しい音色で、たくさんの人達を幸せにしたはずです』ってなぁ。俺は泣いたよ。泣かずにはいられなかった。そんな俺を仁科はずっと見守ってくれていた。それから一週間、仁科は俺の話を聞いてくれる為に、放課後になるとここへ来てくれた。どっちが教師でどっちが生徒かわからんよな。でも、俺は仁科と話しながら、すべてを許すことができたんだ。兄貴を死に追いやったすべてのことも、兄貴を救えなかった自分のこともな」

「先生……」

「早瀬、俺は今年限りで学校を辞める。最近、親父も少し調子がいいんだ。俺には兄貴のようなピアノは作れないが、親父と一緒に工場を再生して、機械の部品でも作るよ。二人だけの小さな工場からスタートだけどな」

山崎が私の足元に目をやった。慌てていたので、私は土足のままだった。

「本当に心配するな、何もありゃしない。昨日のことだけどな、あれは学校を辞める決心をした時でな。不覚にも泣いちまったんだ。そんな俺を仁科は胸に抱き寄せてくれただけだ。ほんの一瞬のことなんだ。そんな一瞬のことなのに、偶然にもその時にお前が飛び込んできた。今日、仁科は休んでいるそうだ。この後、行ってやれ。俺は自分のことでいっぱいになっていたが、今思えば、なんだか仁科こそ悩んでいるようにも見えたんだが……」

山崎はやっぱり少し泣いているように見えた。

私は響子の家に向かっていた。

彼女に会ったら何て言えばいいのだろうか。やっぱりまだ考えはまとまっていなかった。それでも私は会いに行かなければならない。私は彼女がくれた手紙のことを思い出していた。

『たすけて』

手紙にはそう書いてあった。その意味を確かめたいと思った。いや、確かめなければならなかった。なぜなら、私は心の底から、彼女を守りたいと思っていたからだ。

彼女の家に来たのは二度目だった。

森林のような庭を持った大きな洋館。青銅の大きな門の向こうに高級外車が並んでいる。

金色のロールスロイス、赤いポルシェ、そして蒼いＢＭＷ。真冬の空を思わせるブルーのＢＭＷ。ブルーのＢＭＷ。嫌な予感がした。まさか、そんなことが……ブルーのＢＭＷなど、そう珍しいものではないはずだ。

私は頭に過った不吉な想像を打ち消すように、門柱についているインターフォンを押した。二度ほど押すが何の返事もない。

両親はいないことが多いと聞いていたが、学校を休んだ響子までもが出掛けているとは思えなかった。

もしや本当に病気で休んだのだろうか。それで一人で寝ているのだろうか。もしかして苦しんでいるかもしれない。

私は重い門扉《もんぴ》を押し開け、邸内に足を踏み入れた。玄関まで歩きながら、二階の窓を見上げる。

本当に誰もいないのだろうか。玄関ドアを強くノックする。

「誰かいませんか」

ドアに手を掛けてみた。鍵は掛かっていない。これだけの大きな屋敷で、鍵を掛けないで出掛けることは、まさかありえないだろう。

私はドアに掛けた手に力を込めて、開けてみた。蝶番《ちょうつがい》の軋む音とともに、あっけなくドアは開いた。

どこかの部屋から音楽が聞こえる。最近全米で人気を得ているロックグループの曲だった。音のするのはどうやら二階のようだ。

私が玄関の正面にある階段を見上げた時、急にロックミュージックの音量が大きくなった。さっきまではドアの向こうから僅かに漏れてくるほどだったのが、今は家中に響くほどの大音量となっていた。

その部屋のドアを開けたのだろう。程なくして、一人の男が階段を降りてきた。大学生くらいの青年だった。ジーンズを穿《は》いているだけで、上半身は裸。細身ながら筋肉質な身体が露わになっている。オイルを塗ったようにてかてかと輝く汗が、厚い胸全体を覆いつくしている。額を伝わった汗が、顎の先から滴り落ちた。

その男は階段を降りてくる途中で私の姿に気づき、少し驚いたようだった。

「どちらの方ですか？」

声を掛けてきた。

「勝手にすみません。何度もインターフォンを鳴らしたのですが……」

「ああ、ほらこの通り、ずっと大きな音で音楽を掛けていたからね」

男は音楽が流れてくる二階をちらっと仰ぎ見て、そう言った。

「僕は響子さんのクラスメイトで、早瀬っていいます。響子さんが今日学校を休んだので、具合を見に来たのですが――」

「早瀬？　ああ、君が早瀬君か……」

この男は年格好からいって、響子の兄に違いない。確か響子は、大学生の兄がいると言っていた。しかし、なぜ響子の兄が私のことを知っているのだろうか。

響子は私のことを、このお兄さんになんて話したのだろうか。

「どうも、響子の兄です。妹から君のことはよく聞いているよ」

「は、はじめまして。それで響子さんは……」

「ああ、具合はたぶんもうそろそろいいんじゃないかな」

意味ありげな笑顔でそう言った言葉が、何か引っかかった。何かがおかしい。屋敷全体に漂う狂気に、なんだか吐き気がする。

「君が来てくれて、きっと妹も喜ぶと思うよ。さあどうぞ、上がってくれ。響子は二階の俺の部屋にいる。行けばすぐにわかるよ」

そう笑顔で言い残すと、男は私になどたいして興味がないという様子で、奥の居間の方へ行ってしまった。

私は靴を脱いで、階段に足を掛けた。ゆっくりと上がっていく。

私の身体の中の何かが、階段を上っていくことに、不吉な信号を送っているような気がした。しかし、そんな思いが募れば募るほど、私はその答えを確かめたい気持ちを強め、階段を上り続けた。

一段一段上る度に、やめろやめろと心の中でサイレンが鳴る。それでももはや私の身体は止まらない。

階段を上りきった。二階には四つのドアが見えた。

そのうち左奥のドアだけが開いたままになっている。そしてその部屋から、大音量の音楽が漏れ続けていた。

音楽がどんどん大きくなっていく。耳を劈《つんざ》く不快な音楽。ドアが開いたままの部屋を、そっと覗き込む。

そこは彼女の兄の部屋だろうか。

壁にはブロンドのモデルのヌードポスターが何枚も貼ってある。黒いカーペットの上には、脱ぎ散らかした服や下着が散乱していた。ガラステーブルの上の灰皿からは、薄く煙が上がっている。漫画やヌード雑誌が乱雑に放り出されているのも見えた。

壁際のオーディオからは耳を塞《ふさ》ぎたくなるような、大音量のロックミュージックが今も流れ続けている。

そしてベッド。黒い光沢を見せたシルクのシーツが乱れている。

その時、私の中で時間が止まった。

乱れたシーツの上に、裸のままの女の子がうつ伏せに寝ている。剝き出しになった白い尻。呼吸する度に押し潰された胸が、身体とベッドの間から僅かにはみだしている。

大量の汗でべったりと背中に張りついた長い黒髪が、インモラルな匂いを漂わせながら乱れている。汗に濡れた黒髪。乱れた呼吸で揺れる白い背中。私には、もう大音量の音楽も聞こえない。目を背けたくてしかたないのに、どうしてもそれができない。

ゆっくりと彼女がこちらを振り向いた。

響子だった。

最初、何が起こったのか、私以上に彼女も理解できなかったに違いない。そして次の瞬間。嵐のような彼女の叫び声。

あの時のあの悲しみに満ちた響子の目を、私は一生忘れることはないだろう。彼女の目は、泣いていた。

なぜ？　なぜ、あなたがここにいるの？　彼女の心の悲鳴。

「帰って！」

「響子……」

「お願い、帰って！」

私にはそれ以上何もできなかった。私は彼女に背を向けると、その部屋を後にした。

もしあの時、私が彼女に何か言葉を掛けてあげることができていたなら、私と彼女の関係は、もっと別のものになっていたかもしれない。少なくともあれが最後になることはなかっただろう。

私が見た最後の響子の姿は、悲しみに溢れた目をしたあのベッドの上のものとなってしまった。


どこをどう歩いて家に帰ったのか、まったく覚えていなかった。気がつくと私は自分のマンションの前に立っていた。

エレベーターのボタンが涙で滲んで見える。ドアフォンを押すと、姉がドアを開けてくれた。

「お帰りなさい」

「お姉ちゃん……」

玄関で立ったまま泣いている私に、姉はいつものように優しく声を掛けてくれた。

「お姉ちゃん、俺……」

姉はいきなり私を力強く抱きしめてくれた。そして私の髪に細くしなやかな指を入れ、掻きむしるようにしながら、耳元でこう言った。

泣きなさい。好きなだけ泣きなさい。

姉の胸に顔を埋め、大声を出して泣いた。どうにもならない悔しさや悲しみを、すべて吐き出すように大声を出した。

姉の髪の香りがする。柔らかい胸が温かく私の頰を包む。姉の胸の鼓動が聞こえる。

お姉ちゃん。お姉ちゃん。お姉ちゃん。

姉の香りに包まれる。姉はいつまでも私を抱きしめていてくれた。


仁科響子が高校を退学したのは、それから間もなくのことだった。

表向きはロンドンの学校への留学ということになっていたが、そうでないことは私が一番よく知っていた。教室には座る者のいなくなった机が一つできたが、そのことを気にする者もすぐにいなくなった。

季節の終わり頃、山崎も学校を退職していった。最後に山崎はこっそり私に仁科響子の家庭のことを教えてくれた。

私が響子の家に行ったその日、彼女は兄を包丁で刺したそうだ。幸いにも傷はたいしたことはなく、彼女の兄の命に別状はなかったそうだ。しかしその事件により、彼女の兄が響子に性的な関係を強要していた事実も、両親の知るところとなった。

四歳年上の兄が響子に性的な虐待を始めたのは、彼女が中学一年生の頃だそうだ。初めは身体を触られる程度だったが、彼女が両親への発覚を恐れてそのことを黙っていたため、次第にその行為はエスカレートしていった。やがて裸を自由にいじられたり、兄の自慰行為を手伝わされたりするようになった。

それでも彼女はそのことを両親に言わなかった。兄と妹で性的な行為をした罪悪感から共犯意識を持ってしまい、ひたすら自分の胸にしまい続けた。

その結果、兄は妹に受け入れられたと身勝手な誤解をしてしまい、それまで以上に酷い行為を強要した。兄が彼女に性行為を迫ったのは、中学三年の夏だったそうだ。

処女を兄に奪われたのちも、彼女はひたすらに耐えた。誰に相談できるわけでもなく、実の兄によって自分の未成熟な肉体が玩具《おもちゃ》にされることに耐え続けたのだ。兄の子を妊娠し、二人で病院へ行って堕胎したことまであったそうだ。

そしてあの日、私がすべてを見てしまったことにより、彼女は自らの手でその呪縛を解いた。初めて兄を拒絶したのだ。

私は逃げ出しただけだったが、彼女はたった一人で兄に立ち向かった。兄を刺すという行為によって、戦ったのだ。

事件の後、兄は家を出されてマンションで一人暮らしを始めたそうだ。響子はロンドンの全寮制の高校に留学をさせられた。

家族はバラバラになってしまったが、もともと心は離れていたのだ。むしろ響子が勇気を出して自分の不幸を断ち切ったことは、彼女にとって良いことだったのかもしれない。

彼女に何の手助けもしてやれなかった私は、自分にそう言い聞かせた。

『たすけて』

その後、何度も私はあの響子からもらった手紙のことを思い出した。

彼女がくれた一行だけの手紙は、彼女の心のすべてを表していたのに違いない。彼女の出していた救助信号に、私は最後まで気づいてあげることができなかった。

自身の苦しみを胸に抱えていたからこそ、彼女は私や山崎の苦しみのすべてを受け入れることができたのかもしれない。

彼女はもういない。

私がもっと強い男だったら。私に彼女を守ってあげる力があったなら。しかし、その時の私には彼女の心の闇を、少しも理解してあげることができなかった。もがきながら必死に手を伸ばしていた響子。私はその手を最後まで摑んであげることができなかった。

私はもっと強くなりたいと思った。姉との日々の暮らしが続く中で、私は響子との一件以来、その思いを強くしていった。

強い男になりたいと、心から思った。

8

土砂降りの雨だった。

ほんの数分前まで薄日が差していたというのに、あっという間に上空が雨雲に覆われ、大きな雨粒が激流のように降り注いできた。

ピカッと空が光ったかと思うと、耳を劈く雷鳴が轟《とどろ》いた。

残暑の熱気を押し流すような突然の夕立。

バケツをひっくり返したみたいに、激しい雨が汚れた街を洗い流していく。排気ガスの匂いが充満した東京の空気が、洗濯機の中みたいに掻き混ぜられながら、どんどんきれいになっていく。

逃げる暇がなかった。頭のてっぺんからつま先まで、一瞬でずぶ濡れになる。叩きつけるような強い雨が、私の身体に容赦なく襲い掛かる。

雨宿りをしようと走りかけたが、すぐに諦めて足を止めた。どうせもう間に合わない。天を仰ぎ見た。顔に雨がぶつかって痛い。埃の匂いを含んだ大量の雨が、私の額や頬を伝っていく。

私は響子のことを思い出した。二人で雨の中を濡れながら帰ったあの日。裸になった響子の姿が脳裏に蘇る。

美しい肉体。傷だらけの心。

今頃、響子はイギリスでどんな暮らしをしているのだろうか。

私はやっと雨宿りができそうな軒下を見つけて、とりあえずそこに逃げ込んだ。二階建ての小さなアパートの軒下。一階部分から突き出た小さな屋根の下に、壁を背にして身体を滑り込ませる。

軒下には洗濯物が干してあった。白いタイトスカート、白いワンピース、白いブラウス、そして白いTシャツ。それに隠れるように、黒、白、黄、青、赤、紫と艶《あで》やかな夏の花壇のようなランジェリー。少し派手めのブラジャーやショーツが、目のやり場に困るような高さに吊るしてあった。

どうやら若い女性が住んでいる部屋のようだ。

雨はなかなか止みそうになかった。私は途方にくれて、ため息をつく。夕立が街の熱気を一気に奪い、気温がぐんぐんと下がっていく。ついていなかった。

響子がイギリスに旅立って以来、ずっと部屋に籠りがちだった私を見かねたのか、姉が街へ出ることを勧めてきた。正直に言って気分は乗らなかったが、いつまでも姉に心配を掛けるのも気が引けたので、下北沢で映画でも観ようと出掛けてきたところだった。

日曜日の下北沢の街は、どこもかしこも恋人達で溢れていた。視界に広がる原色の華やいだ空気に疎外感を覚えて、私は外出してきたことを後悔していた。

その矢先、この夕立である。

びしょ濡れの服が体温を奪う。私は肩を竦《すく》めて、寒さに身体を震わせた。

その時だった。突然、すぐ後ろの窓が開いた。金属の軋む音。驚いて、私は振り返った。アパートの一階の窓から身を乗り出すようにして、若い女性が洗濯物を取り込もうとしていた。女性はすぐに雨宿りしている私に気づいた。

「あら、早瀬君じゃない」

相手の女性と視線が合う。女性は私のことを見て、しとやかな笑顔を向けてくる。しかし、私はその女性が誰だかわからなかった。

天使の羽のような純白のキャミソール。

ふわふわとしたパイル生地の胸は豊かに盛り上がっている。その胸元はかなり広く開いており、露わになった真っ白な素肌が眩しい。豊かな二つの乳房がぶつかり合うようにして、深い谷間を作っていた。

短めの丈のキャミソールからは、縦にちょこんと小さな臍が見えている。ホワイトデニムのミニスカートの下、驚くほどまっすぐな細い脚がすうっと伸びていた。

シンプルな服装ではあるが、顔を見ると相当の美女だった。女子大生だろうか。私は自分の名前を呼ばれたのに、それでも相手が誰なのか思い出せなかった。こんな美人女子大生に知り合いなどいない。

頭の先から上半身、そして窓から見えている腰下のあたりまで、無遠慮に目を凝らして見る。それでも誰なのか、どうしても思い出せなかった。

首を傾《かし》げている私を見て、その女性は笑い出した。

「やだ、わからないの？　しょうがないな、これでどう？」

いったん窓の奥に引っ込んだ女性が、すぐに再び姿を現す。黒縁の眼鏡を掛け、肩からは女医のような白衣を掛けていた。肩に掛かった髪を両手で頭の上で纏め上げる。

「あっ、中川先生？　ど、どうしてここに？」

「やっとわかってくれたみたいね」

悪戯を見つかった少女のように、ニヤニヤと女性が微笑む。手を離すと、ふわりと、髪が肩に広がった。眼鏡を外し、白衣を足元に落とす。再びモデルのような美女が現れた。

「う、うそ……」

私は絶句する。

たまたま雨宿りで逃げ込んだ通りすがりのアパートの軒下。私のすぐ後ろ側の窓から顔を出した若い女性は、高校の保健室に勤務する養護教諭の中川先生だった。

私が病み上がりにヤクザキの体罰のようなマラソンを強制されて倒れた時、保健室で仁科響子と一緒に私を介抱してくれたのがこの中川先生だった。

もっともあの時は響子の悪戯のような嘘の為、気を失っている私の着替えを響子に任せて、怪我をした他の生徒を学校指定の市立病院に連れて出てしまい、途中でいなくなってしまった。

私はまじまじと中川先生を見る。

普段は白衣姿しか見たことがない。いつも髪を後ろで束ね、化粧っ気のない顔に黒縁の眼鏡を掛けた無愛想な中川先生と、目の前でニコニコと微笑んでいるモデルのようなナイスバディの美女が、どうしても重ならなかった。

大学を出てすぐにうちの高校に勤務して、今年で三年目だと聞いたことがある。それからすると年齢は二十五歳くらいということになる。しかし、学校での中川先生は、四十過ぎのハイミスのように輝きがなく、男子生徒達からはほとんど女性として意識されることもなかった。

しかし、これだけの美女なら、学校中で大騒ぎになってもおかしくない。なぜ、まるで変装のようにその姿を隠しているのだろうか。

薄化粧をして、髪を下ろし、眼鏡を外しただけで、まったくの別人のように見えた。最初は誰だか本当にわからなかった。

「なんで？」

「そんなことより早瀬君、びしょ濡れじゃない。そのままじゃ風邪を引くわ。こっちにいらっしゃいよ」

「で、でも……」

「私、ここに住んでるの。古くて狭い部屋だから何のおもてなしもできないけど、そこで濡れたまま突っ立ってるよりはまだましでしょ？」

「いいんですか？」

「いいも悪いも、仕方ないじゃない、見つけちゃったんだから。まさかこのまま放っておくわけにもいかないでしょ。これでも一応は、君の学校の養護教諭ですからね。また倒れられても困るわ」

そう言って、中川先生がウインクをした。美しすぎる笑顔。正直に言って、私はその一瞬、別の意味で倒れそうになった。

中川先生に促されて、アパートの裏側に回る。ドアが五つ並んでいるだけの小さなアパートだった。私はその一番手前のドアをノックする。すぐにドアが開き、中川先生が顔を出した。

「どうぞ、上がって」

「すみません」

「散らかってるから、あんまりジロジロ見ないでね」

散らかっているどころか、部屋の中にはほとんど物がなかった。

十畳ほどのフローリングのワンルームの部屋。中央には小さなガラスのテーブル。壁際に白いカバーの掛かった小さなベッド。小ぶりの洋服ダンスが一つ。キッチンの脇にはポータブルの冷蔵庫。トイレのドアの脇に洗濯機。それですべてだった。テレビさえない。

先ほど取り込んだばかりの洗濯物が無造作にベッドの上に放り投げられているのが見えた。下着が絡み合っている。

「そっちがバスルーム。こんな部屋でもお湯くらいは出るから、シャワーを浴びて」

ワンルームの部屋。着替えようにも、もちろん脱衣場もない。

「で、でも……」

「ああ、そうか。服を脱ぐ場所か。だいじょうぶよ、ちゃんと後ろを向いていてあげるから」

「そんなぁ」

「あら、前に体育の授業で倒れた時は、私と仁科さんでびしょ濡れの君を着替えさせてあげたのよ。君のヌードならもう目に焼きつくくらい見ちゃったわよ」

「えっ？　あの時は、響子が一人で着替えさせてくれたんじゃないんですか？」

「まさか。いくらなんでも、女子生徒一人にそんなことさせるわけないでしょう。彼女にも手伝ってもらったけど、肝心の下着を脱がせたのは、もちろん私よ」

なんだ、響子に騙《だま》されたのか。

思わず顔がにやけてしまう。嘘だったのだ。それでもそれは気持ちの良い嘘だった。たとえ兄に性的な虐待を受けていたとしても、響子の心は清純なままだった。そんな彼女が私の裸を前に心が乱れないわけがない。実際には彼女は中川先生を手伝ったに過ぎなかったのだ。

私との関係を深める為に、響子がついてくれた優しい嘘。私は響子の熱い視線を思い出した。

「さあ、シャワーを浴びてらっしゃい」

バスルームの中で服を脱ぐことにした。トイレと一緒になった窮屈なユニットバスの中で、濡れて身体に張りついた服を脱いでいく。

「早瀬君、着替え、ここに置くわよ」

ドアの向こうから、中川先生の声がした。その声を聞きながら、熱いシャワーを身体に浴びる。夕立によって奪われた体温が戻ってくる。

「男物の着替えなんてあるんですか？」

「あるわけないでしょ。私のスエットだけど、かなり大きめのやつだから、たぶん君でもだいじょうぶだと思うわ」

「すみません」

シャワーを浴び終える。ドアを少しだけ開けて、私はバスタオルとスエットの上下に手を伸ばす。そのままバスルームの中で身体を拭き、着替える。再び、中川先生の声。

「下着は貸せないわよ」

「えっ？　い、いや、だいじょうぶです」

「どうしてもって言うのなら、貸してあげてもいいけど」

そう言って、ケラケラと笑う。

「さっき、軒下に干してあったやつですか？」

「なんだ、しっかり見てたのねぇ。エッチね」

「どうせだったら、あの黒い透けてるやつがいいです」

「君もけっこう言うわね」

中川先生が再び笑う。普段の保健室でのイメージとはまったく違った。少なくとも、こんなジョークを言うような人には見えなかった。いつも暗く無表情な顔で、事務的に仕事をこなしていた。怪我をして訪れる生徒にも、優しい言葉一つ掛けやしない。近寄りがたい存在だった。

私は素肌の上にスエットを着て、バスルームを出た。

「ありがとうございます。身体が温まりました」

「ダブダブのやつだったから、まあ何とかなったわね」

そう言って、中川先生は私の身体を上から下まで見下ろした。その視線を受けて、私は急に下着をつけていないことが気になってしまった。

「コーヒー、飲む？」

「はい、いただきます」

「適当にその辺に座ってて」

私はベッドの側《そば》に腰を下ろした。

中川先生がキッチンに向かう。ヤカンで湯を沸かす後ろ姿が見える。ミニスカートからまっすぐに伸びた脚が艶《なま》めかしい。

中川先生が振り返った。私は慌てて視線をそらす。

「今、スカートの中、覗いてたでしょ？」

「そ、そんなことしてません」

「嘘。慌てて目をそらしたじゃない」

「違います。ただ、脚を見てただけです」

「ふうん。脚は見てたわけね」

「あっ……」

「誘導尋問に引っ掛かったわね」

頬を赤く染め、決まり悪そうにしていた私を、先生は面白そうに見ていた。

「うん、なかなか正直でいいわ。ミニスカから出た私の脚が目の前にあって、見るなって言われても無理よねぇ」

「……………」

私は呆然として、先生の顔を見つめた。

「何よ、変な顔して」

「なんか、中川先生じゃないみたいです」

「そうね。私もなんだか変な感じ。こんなにたくさんしゃべったのは、久しぶりだわ」

「そうなんですか？」

「ええ。それに、こんなに笑ったのもね」

「先生は、その笑顔の方がずっといいです」

「生意気なこと言うのね」

「す、すみません」

私は再び赤くなって、俯いた。

「ううん。決して悪い気分じゃないわ。君って、不思議な子ね。仁科さんの気持ちがわからないでもないわ」

「えっ？」

「君、とってもきれいな目をしてる。仁科さんも、この目が好きだったんでしょうね」

私は先生からコーヒーカップを受け取った。指先が触れる。冷たい指だった。

「学校ではどうして化粧してないんですか？　服装だってなんだかいつも暗い色ばかりだし。

今日みたいに髪を下ろして、化粧をして、コンタクトにしていれば、すごい美人なのに」

中川先生が笑う。

「ありがとう。褒めてくれたお礼に、特別に種明かししてあげる。実はこれ、コンタクトじゃないのよ」

「えっ、じゃあ見えてないんですか？」

「ふふっ、これ見てごらんなさい」

中川先生が黒縁の眼鏡を差し出した。いつも学校でしているやつだった。私はそれを受け取ると、レンズを覗き込む。

「あれっ？　これって……」

「そう、伊達《だて》眼鏡。レンズに度は入ってないわ」

「それってつまり……」

「うん、視力はすごくいいの。眼鏡を掛ける必要はまったくないわ」

「なんで、そんなもったいないことをするんですか？」

中川先生がガラステーブルの上のコーヒーカップに手を伸ばす。前屈みになった瞬間、寄せられた豊かな胸の谷間がさらに深く覗ける。思わず目で追ってしまった。

顔を上げると、中川先生と目が合ってしまう。私は慌てた。

「君って正直ね」

「すみません」

「そういう男の視線が嫌になったんで、人前では女であることを隠すことにしたのよ」

「ほんとにすみません」

「あら、そんな顔しなくてもいいのよ。君はなんだか特別なような気がするから」

「でも……」

「ほんとよ、早瀬君の視線は、まったく不快ではなかった。こんな気持ち久しぶりだわ」

「僕も別にエッチな気持ちだけで見ていたわけじゃないんです。ほんとに先生って、きれいだなぁって思って」

「まあ、うれしい。でも……ということは、少しはエッチな気持ちもあったってわけね」

心の中を見透かされたようで、私は赤くなって俯いた。

「ご、ごめんなさい」

「冗談よ。だいじょうぶ、ほんとに気にしてないから。君の気持ちはなんとなくだけど、わかるような気がするわ。そうじゃなかったら、初めから部屋に上げたりしないわよ」

「そうなんですか？」

「そうよ。今だから言えるけど、実はね、仁科さんは保健室登校をずっとしてたのよ」

「響子が？」

「ええ、そう。彼女、家庭の問題で心を痛めていたようで、クラスでもなかなか仲間の輪に入っていけないって言って、毎日のように暗い顔をして、保健室に相談に来ていたわ」

「そうだったんですか」

「その仁科さんが君の話をする時だけは、ほんとに楽しそうな顔をしていた。クラスにとてもまっすぐな目をした転校生が来たんだって、いつも君の話をしていた。あれだけ心に傷を負っていた彼女を、これほどまでに幸せそうに微笑ませる男って、いったいどんな人なんだろうって、実はずっと興味があったのよ」

「こんな男ですみません」

私は心の底から恥ずかしかった。私を求め、私に期待をしてくれた響子に対して、結局はなんの力にもなってやることができなかったのだ。

「あら、そんなふうに感じることはないわよ。私ね、君とこうやって話してみて、なんだか仁科さんの気持ちが少しだけわかったような気がするの」

「響子の気持ちが？」

「彼女、きっと君と出会えて、幸せだったと思うわよ」

そう言った中川先生の顔は、私には少しも幸せそうには見えなかった。何もない殺風景な部屋の中を見渡しながら、私はずっとそのことを考えていた。


一週間後の日曜日。

私は借りた服を返す為、再び中川先生のアパートを訪れた。

何の事前連絡もせずにいきなり訪れて、もしかしたら留守かもしれないと思ったが、ドアのインターフォンを押すと、中川先生の声が聞こえてきた。

私が名乗ると、すぐにドアが開いた。中川先生が顔を出す。今日もいつもの学校での様子とは違って、美しい姿だった。

純白のサマーニットのワンピースが眩しい。かなりのミニ丈なので、細くてまっすぐな脚が惜しげもなく伸びていた。ちょっと目のやり場に困る。

中川先生が誰にも見せず、自分自身の為だけにする内緒のメイクやおしゃれ。それを見ることができる興奮。何か大事な秘密を共有しているような、妖しいときめきを、私は勝手に感じていた。

「お借りした服を返しに来ました」

「いきなり来て、ずるいわよ。化粧を落として眼鏡を掛ける暇がなかったわ」

そう言って、中川先生が少女のようにハニカミながら、ペロリと舌を出した。赤い舌の残像が残る。

「お礼においしいケーキを買ってきました」

「その箱の大きさからいって、どう見てもケーキ一個ってわけはなさそうね」

「はい、二つ入ってます」

「私に二個もケーキを食べさせて、太らせるという嫌がらせかしら？　私、君に恨まれるようなことしたっけ？」

サラサラの髪を手櫛《てぐし》で掻き上げながら、悪戯っぽい顔で笑う。

「そんなぁ」

「だったらまたコーヒーをいれてあげるから、一つは君が責任を持って食べていきなさい」

入りなさい、というふうに、中川先生がドアを大きく開きながら、片目を瞑ってウインクをする。

「もし、お留守だったらと、心配したんですが」

「それって、私に喧嘩を売ってるの？　どうせ日曜日に一緒に出掛けるような恋人もいやしないわよ」

「もう、少しは普通に会話してくださいよ」

私は少し不貞腐《ふてくさ》れた口調で言い返した。そのまま俯く。

「あら、怒ったの？　冗談だってば」

中川先生が少し慌てた様子で私の顔を覗き込む。

「だって、先生がおかしなことばっかり言うから」

「君を見てると、弟を思い出すの。なんだか弟と話している気分。ちょっとからかいたくなるの。許してよ」

「なんだ、弟、ですか？　ちょっとがっかりだな」

「まあ、いっぱしのこと言うわね」

先生が笑顔でキッチンに立つ。柔らかい黒髪が背中で揺れる。

「女性から、弟みたいって言われて、愉快に思う男なんていませんよ」

口を尖らせる私を見て、中川先生がニコニコと笑っている。

「ほんとはね、君が来てくれて、かなりうれしいのよ。ついついいっぱいしゃべってしまうのは、その照れ隠しなの」

「どうして？」

「だってこの一週間、早瀬君たら一度も保健室に来なかったじゃない？　会いに来てくれるんじゃないかって、実はけっこう期待してたのよ」

「なんだか学校では、照れくさくて」

「私はてっきり、無視なのかと思ってたわよ」

「先生も案外とかわいいとこ、あるんですね」

「大人をからかうと、今度は本当に意地悪するわよ」

中川先生が笑う。

本当の笑顔なんだろうか？　私はそれが気になって、その瞳の中を覗き込んでしまう。

「先生、ほんとに楽しそうに笑ってますね」

「えっ？　ああ、そうね。確かにそうだわ」

「この間から、なんだか先生の笑顔が気になっていたんです。笑っていても、ちょっと寂しそうに見えたから」

中川先生が私を見つめる。

「君って、ほんとに不思議な子ね」

ほとんど家具のないこの殺風景な部屋で、中川先生は何を考えて暮らしているのだろうか。

私に助けを求めてきた響子。私には彼女を救うことはできなかった。その響子の相談相手になっていた中川先生自身も、誰にも言えないシグナルを発しているように思えた。

響子のことは救えなかった。だからこそ、私は中川先生のことが気になってしかたなかった。私なんかに何かができるとは思っていない。それでも私は中川先生のことが、本気で心配だった。

「先生、理由を聞いてもいいですか？」

中川先生がまっすぐに私のことを見つめる。濡れた栗色の瞳が、キラキラと輝いていた。

私も見つめ返す。

先生が小さなため息を一つ漏らした。手に持ったコーヒーカップは、さっきから一度も口に運ばれてはいない。

「どうしてなのかな？　私もね、君に聞いてもらいたいって、この一週間ずっとそう思ってた。自分のことを誰かに話したいって思ったのは、初めてのことよ」

「先生、話してください」

「私ね、自分で言うのもなんだけど、子供の頃からかなりの美少女だったのよ」

「わかります」

私は決して茶化すことなく、素直に頷いた。実際に今の中川先生を見れば、それも納得できる。

「だから、いつも周りの人達からチヤホヤされて生きてきた。自分は男達から特別扱いされる人間なんだって、そう思い込んでた。実際に男友達も学校の先生も私を他の子とは別に扱ったわ。だからおかしな錯覚をしたのね。自分は特別な女なんだって」

「先生くらいきれいなら、それも仕方ないと思います」

「ありがとう。君ってほんとに優しい子ね」

「ほんとです」

白いレースのカーテンを透かして、午後の日差しが部屋に入り込んでくる。中川先生は少し眩しそうに目を細めて、話を続けた。

「あれは高校二年の時だった。放課後に一人で渋谷をブラブラしていると、一人の男性から声を掛けられたの。四十代半ばぐらいのなかなか素敵な容姿の人。ルックスも悪くないし、着ている服も高そうなスーツで、身なり全体もしっかりとしていた。さりげなくロレックスなんかしていて、お金に不自由していないのはすぐにわかったわ。後で聞いたんだけど、ベンチャー企業の社長だったそうよ。その人が私に言ったの。お小遣いをあげるから、夜まで付き合わないかってね」

「それって……」

「そうよ、援助交際ってやつね。最初、私は腹を立てたわ。高校では全校一の美女と言われている私に対して、援助交際よ。私の身体をお金で買いたいなんて、馬鹿にしてるって思った。だから、言ってやったの。一晩で百万円ならいいわよってね」

「なるほど、厳しい断り文句ですね」

「私もそのつもりで言ったの。ところが男性は涼しい顔で、たった一言『わかった』って言ったわ」

「えっ？」

「そのまま近くの銀行へ連れて行かれた。男性はキャッシュカードで百万円を下ろすと、封筒にも入れずにポンと私に手渡した。ほんとに驚いたわ。百万円の現金よ。でもね、悪い気分じゃなかった。金額の大小ではなく、とにかく自分が男性から高く評価されているということを実感できたから」

「でも、それって……」

「そうね。馬鹿なことを考えたわよね。でも、その時の私は本気でそう思っちゃったのよ。結局、私は銀行を出るとすぐに、その男性とホテルに直行した。そしてその男性とセックスしたわ。私はそれまでもそれなりに恋愛とかもしていたから、男性経験も多少はあったけど、お金をもらってセックスしたのは初めてだった。ところがね、これがすごく良かったの。まあ、その人が上手だったこともあったかもしれないけど、自分が男からすごく高い評価をされているって実感しながら抱かれるのって、その時の私には最高の快楽だったのよ。男が百万円も払って、私の肉体に触れているっていう感覚が、まるで麻薬のようにすごい刺激になった。私は男の腕の中で、快楽に溺《おぼ》れ続けたわ。そしてそのセックスが私を虜《とりこ》にした」

私は中川先生の指先を見た。微かに震えている気がした。

「先生、ほんとに話してくれていいんですか？」

「いいの、君に話したいのよ」

「どうして？」

「不思議よね。君と話していると、なんだかすごく素直な気持ちになってくるの。それに君って、弟と同じ目をしている気がする」

そう言って、中川先生はキュッと唇を引き締めた。私にはそれがなんだか、泣くのを堪えているように見えた。

「弟さんがいたんですね」

「今の君と同じ歳で死んじゃったけどね」

「えっ？」

中川先生が目を閉じた。数秒を掛けてゆっくりと目を開ける。そして、しっかりと私を見つめた。

「百万円をもらっての援助交際以来、私はお金をもらってのセックスにのめり込んだわ。別に金額はいくらでもよかった。十万円以上の時もあれば、大学生を相手に僅か五千円で朝まで過ごすこともあった。相手の男性が自分の経済力の中で、精一杯を払ってくれるのであれば、受け取る金額の大小はまったく問題ではなかったの。自分が高く評価されていることを感じてのセックスが、私に蕩けるような快楽をもたらしてくれた。そして、私はそんな生活を三年間も続けた。私は大学生になっていた。私には二歳年下の弟がいて、子供の頃から仲はすごく良かったの。とっても優しい子で、私もかわいがっていた。君と同じような目をしていたわ」

「同じ目……ですか？」

「子供の頃からどこに行くにも一緒だった。私達は本当に仲が良かった。そんなある日、私が大学から帰ると、家には弟が一人でいた。あの子はすごく不機嫌そうにしていたわ。私が声を掛けると、弟は私の日記帳を投げつけてきた。私は怒ったわ。いくら姉弟でも、日記を盗み読みするなんて許されないでしょ。でも、弟はもっと怒っていた。だって、日記には私が援助交際を何年も続けてきたことが、全部書かれていたから。そのことを指摘されて、私は凍りついた。頭が真っ白になったわ。そして気がつくと、私は弟に押し倒されていた。弟の顔をあんなに近くで見たのは、初めてのことだった。すごい力で服を破かれた。ブラウスのボタンが飛び散り、スカートが引き裂かれ、下着が簡単に破り取られた。乳首を激しく吸われる痛みの中で、私は弟が泣いていることに気づいたの。温かい涙が、幾粒も私の胸に落ちたわ。弟の涙。それから先、私はもう身動き一つできなかった」

「先生……」

「私の肉体に触れながら、あの子は言ったわ。私のことをずっと愛していたって。子供の頃から、ずっとずっと好きだったって。そして、何で援助交際なんかしたんだと、泣きながら激しく私を非難した。そんなに男とセックスするのが好きなら俺がしてやるよ、そうあの子が言った瞬間、私は我に返った。こんな純粋な弟だからこそ、私との泥沼に引きずり込んではいけないって思った。硬くなった性器が挿入される直前に、私は全身の力を込めてあの子のことを突き飛ばしたの。ひっくり返ったあの子は悲しそうな目で私を見ると、そのまま家を飛び出していった。玄関先まで私は裸のまま追いかけたわ。バイクを飛ばしていくあの子の後ろ姿が見えた。それが生きている弟を見た最後になったわ」

「どうして？」

「その数分後に、弟の乗ったバイクは、大型ダンプカーと正面衝突したの。即死だったそうよ。事故だったのか自殺だったのか、今でもわかってないわ」

中川先生のキラキラした瞳から、大粒の涙が幾粒もこぼれた。それを見て、私ははっきりとした言葉で先生に語りかける。

「事故だったと、僕は思います」

「ありがとう、私もそう信じてる。あの子の事故死以来、私は自分を女として男達の目に触れさせることを止めたの。もう男の前で、女としての自分を見せることができなくなった」

「もともと、そんな必要なんてなかったんです。そんなことをしなくたって、先生が素敵な人だってこと、誰もがちゃんとわかるはずです」

「そうね、馬鹿なことをしたと思っているわ。おかげで大切なものを、失ってしまった」

「先生……」

「弟を最後に突き飛ばしたことは、間違ってなかったと思う。それでもやっぱり、どうせ死んじゃうんだったら、最後にあの子の思いを受け止めてあげればよかったって、時々後悔することもあるわ」

「弟さんは、今の先生のこと、きっと許してくれていると思います」

私のその言葉とともに、先生が泣き崩れた。私の膝に突っ伏し、静かに声を殺して泣き始めた。私はどうしていいのかわからないまま、しばらくの間、先生の髪をそっと撫でていてあげた。

小柄な先生の身体が私に寄り添う。先生の肩が小さく震える。心から、先生がかわいいと思えた。しばらくして、先生が顔を上げる。

「早瀬君、私と、してくれないかな？」

「えっ？」

最初、先生が何を言っているのか、その意味が理解できなかった。

「もう、女性にこんなこと、何回も言わせないでよ」

涙を手で擦《こす》りながらも、先生が照れ笑いをして、まっすぐに私を見つめる。

「僕、したことないんです」

「初めての相手が、私なんかじゃ嫌かな？」

嫌なはずがなかった。こんな美しい女性と初体験できるなんて、これほど幸せなことはない。

「嫌なはずないじゃないですか。先生みたいなきれいな女性とほんとにそうなるなら、一生の思い出になります。でも、先生こそ、僕なんかでいいんですか？」

中川先生は私の言葉に、少し安心したように微笑んだ。

「弟が亡くなって以来、男の人とそういうことをしてないの。なんだかできなくなっちゃったのよ。でもね、今はできる気がする。ううん、すごくしたいの。セックスしたくて堪らないくらい。こんな気持ちになったのは、初めてのことよ。私にリハビリしてくれないかな？」

中川先生が真剣な眼差しで私を見つめる。

「先生、僕も告白することがあります」

「何かしら？」

「僕、姉のことが好きなんです」

「本当のお姉さん？」

「そうです。実の姉のことを、本気で愛しています。だから、先生の弟さんの気持ち、わかる気がするんです」

「そうなんだ。それでお姉さんには、そのことを伝えたの？」

私はゆっくりと首を横に振る。

「いいえ、言ってません。でも、なんとなく僕の気持ちはわかってくれていると思います」

「どうして、そう思うの？」

「それは……」

私は口籠《くちご》った。中川先生が私の手を摑んで、自分の手を重ねる。すべすべとした小さな手だった。

「言ってちょうだい」

私は勇気を出して、先生の手を握り返す。

「一度だけ……布団の中で、姉を抱きしめたことがあります」

「抱きしめただけ？」

「抱きしめて……姉の手のひらの中に、射精しました」

「それをお姉さんは受け止めてくれたのね」

「はい。そうです。姉は寝ていましたが、たぶんそれはふりをしていただけで、ほんとは起きていたと思うんです」

「私もそう思うわ。いいお姉さんね」

「はい」

「他にも何かあったんじゃないの？」

「ありました」

「何があったの？　知りたいわ」

「一緒にお風呂に入ったことがあります」

「それだけ？」

「姉の恥ずかしい部分を触りました。指を入れて、姉の中を確かめました。それに……」

私は恥ずかしさに言い淀む。

「それに……どうしたの？」

「姉の手で、気持ち良くしてもらいました」

先生が笑顔のまま、私の手を強く握り直す。

「射精させてもらったのね」

中川先生のストレートな言い方に、私は頬を赤らめる。

「そうです。どうしてわかるんですか？」

「これでも私は高校の保健室に勤務しているのよ。男子高校生の身体の性なんて、私の方が詳しいくらいよ」

「そ、そうでした」

先生の微笑みが柔らかに私を包む。

「私がもっといいこと、してあげる」

中川先生が立ち上がった。両脚を肩幅くらいに広げ、私の目の前に仁王立ちになる。私は先生を見上げた。目の前にミニスカートからまっすぐに伸びた細く長い脚が見える。

「きれいです」

「どうしたい？」

先生と目が合う。

「そんなこと、恥ずかしくて言えません」

「私は早瀬君と淫らなことをしたいと思ってるわ。女の私がそう思っているのよ。何にも遠慮することはないわ」

「わかりました。正直に言います」

「うん、言って」

「見たいです。先生のスカートの中が見たいです」

「ありがとう、早瀬君。先生、うれしいわ」

先生が両手でワンピースの裾を摘んで、ゆっくりと上げていく。少しずつスカートが上がっていった。輝くような肌をした美しい脚が露わになっていく。やがて白いレースの下着が見えた。中心部が黒く透けている。

「違うんです。もっと、全部見たいんです」

「私にもっと恥ずかしいことをしろって言うのね」

「はい、見せてください」

中川先生がワンピースの裾から手を離す。また、太腿がスカートの中に隠れた。

先生はスカートの中に手を入れ、レースの下着をするすると脱いでいく。両方の足首を交互に抜く。先生はその下着をクルクルと小さく丸めると、ベッドの方に放り投げた。そして再びワンピースの裾を摘むと、スカートを持ち上げていく。

脚を肩幅よりさらに大きく開く。私はその目の前で、座り込んだまま、先生を見上げている。

性器が見えた。ねっとりと潤み、キラキラと輝いている。

「早瀬君、見えるかしら？」

「はい、見えます。でも、よくわかりません」

「先生、どうしたらいいの？」

「指で、広げてください」

「ああっ、そんな恥ずかしいこと、させるのね」

「してください」

先生は目を閉じ、イヤイヤをするように顔を小さく横に振った。それでも私が言った通りに、両手の指を使って、性器を広げてくれた。

「今度はすごくよく見えます」

「ああっ、恥ずかしいわ。どんなふうに見えるの？」

「すごくいやらしい感じです。赤く腫《は》れていて、たっぷりと濡れて光っています。きれいな液体が後から後から滲み出てくるみたいです」

「いやっ、恥ずかしい」

「先生、舐《な》めていいですか？」

「それって死ぬほど恥ずかしいことなのよ」

先生がきつく目を閉じたままそう言った。

「だめ、ですか?」

「君がしたいと思った通りにして。今から私が言う拒否の言葉は、全部無視していいわ」

「無視していいんですか?」

「私は君とすごくしたいと思っているの。でも久しぶりだから、きっと恥ずかしくて色々と言ってしまうと思うのよ。だから、そんなことは気にしないで、君がしたいと思う通りにしていいわ」

「わかりました。先生の身体に、したいと思うことをします」

私は先生の太腿に手を掛けると、目の前の潤んでいる性器に唇を寄せた。先生が両手で開いてくれているので、ぱっくりと口を開けたままになっている。

唇をつける。舌を入れ、深く抉る。溢れ出る体液を音を立てて啜る。その度に先生がビクビクと身体を震わせた。

「ううう っ、だめっ。あうっ、すごい。いやぁ」

充血して腫れ上がった性器全体を、舌を使って味わい尽くす。歯を当て、その柔らかさを感じる。鼻で深く息を吸い込み、その匂いを嗅ぐ。

「もうだめ。立ってられない」

先生がその場に膝から崩れ落ちた。先生と向き合う。

「君って、けっこう上手かもね」

先生が笑いながら、私の頭を抱き寄せる。そのまま唇を吸われた。

蕩けるようなキスだった。唇を咬《か》まれた。舌を絡められ、掬《すく》い取られた。唾液を送り込まれたと思ったら、先生のと私のとが混ざり合った大量の唾液を逆に吸い取られた。先生がそれを音を立て飲み込む。

そのまま抱きしめられた。先生の柔らかな身体に包まれる。豊かな胸が当たる。舌がふやけるような十数分間にも及ぶディープキスから、やっと解放された。

「おっぱいも見たい？」

「見たいです」

先生がワンピースをスルスルと巻き上げ、頭から抜いた。全裸の肉体が現れる。美しかった。空気に溶け込むような透明感を持った肌。匂い立つような肉感。官能的で眩《めま》暈《い》がしそうだった。

「触ってもいいのよ」

先生の言葉に、私はおずおずと手を伸ばした。豊かな乳房を両手で掬い上げるように揉んでいく。弾《はじ》けるような感触だった。私の手の中で、小さな乳首が硬く尖っていく。

「尖ってきました」

「ああんっ、恥ずかしい」

「恥ずかしくなんかないですよ。こんなきれいな裸、絶対に恥ずかしくなんかないです」

「だって、おっぱいの先がこんなに硬く尖っちゃってるから」

「先生が触ってもいいって言ったんですよ」

「ああっ、それでも恥ずかしいわ」

「でも、感じるんでしょ？　感じるから乳首が硬くなるんですよね？」

そう言いながらも、私は強く胸を揉んでいく。私の手によって、様々に形を変える乳房。乳首もますます尖っていく。

「ああっ、恥ずかしい。そうよ、早瀬君に揉まれて、おっぱいが感じるから硬くなるのよ」

先生が真っ赤になりながら身悶《みもだ》える。

「先生のおっぱい、僕も気持ちいいです」

「あんっ、君ばっかりずるいわ。先生にも触らせて」

中川先生が手を伸ばしてくる。いきなりチノパンの上からペニスを握られた。

「えっ、あっ、そんな……」

「君だって、こんなに硬くなってる」

先生が笑いながら言った。私も赤くなる。

先生の指が強くなったり弱くなったりを繰り返しながら、ペニスに甘い刺激を与えてくる。

「す、すごいです。気持ちいいです」

先生が私を見つめる。妖艶《ようえん》に蕩ける瞳に、私が映っていた。

「もっと気持ちいいことしてあげるわ。立ってごらんなさい」

先生に促されて、私はそのままその場に立ち上がった。先生の指がチノパンのベルトに掛かる。しなやかで細い指が、ベルトを外していく。ズボンと下着を一緒に下ろされた。

「すごい、こんなに大きくなってる」

パンパンに勃起したペニスが空気に触れる。私の目の前に跪いたままの先生の息が、ペニスに掛かるのが妙にくすぐったかった。

「恥ずかしいです」

「さっきは私にもっと恥ずかしいことしたくせに」

先生が笑っている。パールピンクのルージュは先ほどの濃厚なディープキスですっかり剝《は》げてしまったというのに、その笑顔の美しさは少しも変わっていない。

「でもやっぱり恥ずかしいものは恥ずかしいです」

「でも、私にこれを触って欲しいんでしょ？」

「ああ、恥ずかしい」

「私に命令して。言われたこと、なんでもしてあげるわ」

「そ、そんな……」

「女はね、こういう時は、命令して欲しいものなのよ。ほんとは思いっきり淫らなことをしたいのに、自分からは恥ずかしいでしょ。だから男の人から命令されるのを、実は待っているの。こんなことを君に教えるの、ほんとはすごく恥ずかしいんだけど、私が早瀬君の最初の女性になるわけだから、ちゃんと教えてあげなくちゃね。遠慮しないで、命令していいのよ」

「じゃあ、先生の手で気持ち良くしてください」

「はい、わかりました」

先生の両手が私のペニスに伸びる。優しく包み込むように十本の指が絡みついてきた。次の瞬間、力強く上下に扱かれる。高圧電流を流されたような衝撃が身体を突き抜ける。あまりの気持ち良さに、意識を失いそうになった。

「ああっ、すごいよ！」

「どう、気持ちいい？」

「あううっ、すごい、だめです。気持ちいい。先生、すごいよ。あああっ！」

一瞬のことで、先生を制止する間もなかった。私は身体を激しく痙攣させながら、射精してしまった。尿道を大量の沸騰した精液が走り抜ける。激しく噴出した精液は、中川先生の顔や胸に飛び散った。

「ご、ごめんさい」

痙攣を繰り返しながら射精を続けているペニスを、それでも先生は扱き続けてくれていた。自分の顔に精液が飛び散るのを少しも気にせず、最後まで私の快楽を弱めないようにしてくれる。十数回に分けて、私は大量の精液を射精した。やっと収まる。

「どう、気持ち良かった？」

「すごかったです。でも……先生の顔を汚してしまいました」

「あら、汚れてなんかいないわ。早瀬君の精液、とっても熱くって私も感じたわよ」

「汚いでしょ」

「そんなことを気にしてたの？　早瀬君のだったら、ちっとも汚くなんかないわよ」

先生はそう言うと、射精した精液でベトベトになった私のペニスを、いきなり口に含んだ。

「ああっ、そんな！」

ペニス全体が喉の奥深くまで含まれる。口中全体を使って、ペニスを締めつけられる。亀頭の周りに舌が絡みついてきた。

先生がゆっくりと頭を前後に揺する。大量の唾液がジュルジュルと音を立てながら、美しい唇から溢れ出てくる。

脊髄《せきずい》を締めつけられるような快楽。ペニスが融けてしまいそうだった。女性に性器を口で愛撫してもらうなど、もちろん生まれて初めての経験だった。

普段、学校では化粧一つしないような暗い印象の中川先生。それが実際にはこんなに美しい女性だなんて、誰も知らないのだ。私はその中川先生にペニスをしゃぶってもらっている。それも先生は全裸だった。自分の身に起きていることが、いまだに信じられない。

先生の頭の動きが激しくなってきた。ペニスをきつく吸いながら、前後に強く振り続ける。

「先生、僕また出そうです。もうやめて！」

駆け抜けようとする快楽を必死で堪えながら、先生に訴える。しかし、先生はペニスを吐き出すどころか、ますます喉の奥深くまで、飲み込んでしまった。もう、我慢できない。さすがにそんなことは絶対にいけないと思いながらも、快楽の絶頂を自分ではどうすることもできなかった。

「ああっ、先生。だめです。出ちゃう。あうううっ。ごめんなさい」

ドクドクと先生の口の中に射精した。どんなに力を込めて我慢しようとしても、すでに爆発した快楽はその勢いを増すばかりだった。

美しい中川先生の口の中に射精してしまった。

そう考えただけで、さらに興奮は高まる。さっき射精したばかりだというのに、吐き出される精液はいつまでも噴出し続けた。

ずいぶんと時間を掛け、やっと射精が収まった。それでやっと、先生が口を離してくれた。

「いっぱい出たね」

口に溜まった大量の精液がこぼれないようにしながら、先生が私に笑いかける。

「ごめんなさい」

「いいのよ。ほら、こんなに」

先生が口を大きく開き、口の中に溜まった白い液体を見せてくれた。こぼれないように、やや上を向いたままだ。

「我慢できなかったんです」

「いいのよ、気にしないで」

そう言うと、先生はゆっくりと喉を鳴らしながら、口の中いっぱいの精液を飲み干した。

ゴクリと喉が大きく動くのが見える。私が驚いた顔をしていると、先生は優しく笑い掛けてくれた。

「汚くないんですか？」

「セックスしたいと思う男性のだったら、少しも嫌じゃないわ」

「先生、僕なんだかすごくうれしいです」

「君にそう感じてもらえて、先生もうれしいわ。それじゃあ、そろそろ、しようか？　二回も出したから、いくら若い君でも、次は落ち着いてできると思うよ。初めてでしょ。私のことを、いっぱい感じて欲しいから」

先生に手を引かれて、ベッドまで歩いていく。ボタンダウンのシャツを先生に脱がせてもらう。裸になって、白いカバーの掛かったベッドに横たわった。

中川先生が私の身体の上に覆いかぶさる。柔らかな肉体が、私の素肌の上でうねる。見ていた時はあんなに細く思えたのに、肌を合わせてみると、それは驚くほど肉感的だった。女性の身体の不思議を感じる。

私のペニスはさすがに二回も続けて射精したので、勢いを失っている。それが先生のお腹に押しつけられていた。

「だいじょうぶ、すぐにまた元気になるわよ」

先生の髪が私の脇腹のあたりをくすぐったかと思ったら、いきなり乳首を咬まれる。

「痛っ！」

思わず私は小さな叫び声をあげた。するとその痛みの上をなぞるように、柔らかな舌が回り始める。生暖かい舌が、乳首の上で何度も円を描くように動く。

「ああっ」

まるで女の子のように、声が漏れる。その声を聞いて、先生が顔を上げた。

「ほら、もうこんなになってる」

先生が私のペニスを握りしめる。ペニスは今までで一番大きくなっていた。しなやかな指で、ゆっくりと扱かれる。

私はピンホールドされた昆虫採集の蝶のように、その一点を中心に身動きができなくなった。ベッドの上で両手両足を大の字に広げたまま、小刻みに肉体を痙攣させる。気持ち良くて死にそうだった。目が虚ろになる。

「先生、また、良くなってきちゃった」

私は先生の目を見ながら、切なげに訴える。

「ほんと、すごく元気になってる。すごいわ」

「すごく感じます」

「三度目は私の中で出させてあげるわ。初めてだもんね、特別にコンドームなしにしてあげる」

先生が私の身体を跨《また》ぐように、馬乗りになる。ペニスに手を添え、自分の性器の中心にあてがう。私はその様子を下から、ドキドキしながら見つめていた。

先生がゆっくりと腰を落とす。濡れた性器の入り口に、ペニスの先端が包まれていく。ゆっくりと焦らすように、時間を掛けながら先生が私を飲み込んでいく。

「全部入れるわよ。初めてのセックスよ。いいわね？」

先生が私の目を見つめながら、最後の確認をする。先生も興奮に目が潤み、頬が上気していた。

私は大きく頷きながら、先生に訴える。

「お願いです。してください」

「いくわよ」

「ああああっ」

一気に先生が腰を落とした。ズブズブとペニスが先生の肉体に突き刺さっていく。根元まですべて飲み込まれた。温かな潤いで、きつくペニスを包まれる。

「ああんっ、早瀬君すごいわ」

「ああっ、先生。すごく温かい。気持ちいいです。これがセックスなんですね」

先生がゆっくりと腰を動かし始める。溢れ出した体液が、ピチャピチャと淫靡な音を奏で始める。先生のもっとも柔らかい部分を、私のもっとも硬い部分が抉り続ける。

「ああんっ、すごい。あん、いやっ。だめっ。早瀬君、すごいわ」

先生が腰を激しく振り始める。目の前で大きな二つの乳房がゆさゆさと揺れる。私は堪らなくなって、それに手を伸ばし、指を深く食い込ませた。

おっぱいを強く握りしめると、ペニスが引き千切られそうなほどきつく締めつけられる。無意識に身体が弓なりに仰《の》け反《ぞ》った。

先生の性器の中にある自分のペニスが、もはや自分の身体の一部である気がしない。そこだけが先生の身体に溶け込んでしまっているみたいに感じる。

先生が私を見つめながら、腰を振り続ける。眉間に皺を寄せ、焦点の定まらぬ視線は、何かに追い詰められているように切羽詰まっていて、ひどく淫らで妖しい。

白い肌がピンク色に染まっていく。

先生が腰を上げると、ヌラヌラと滑《ぬめ》った体液塗《まみ》れのペニスが半分以上姿を現す。そして先生が腰を落とす。ペニスがすべて先生の中に飲み込まれていく。先生の性器が私に強く押しつけられる。それが激しく、そして淫靡に繰り返される。

「先生、僕すごいです。気持ち良くて頭がおかしくなりそうです。どうしたらいいの」

「ああっ、あうっ。私も同じよ。ああっ、おかしくなりそう。一緒に、ねえ、一緒におかしくなろう」

先生の腰の動きがさらに速度を増した。二人の性器がぶつかり合う音が、部屋中に飽和する。そして、淫らな息遣い。体液の匂い。快楽の咆哮《ほうこう》。

先生が泣き出した。頬を伝って涙が落ちる。一粒。そして、また一粒。私の顔に滴る。

「先生、泣いているの？」

「あああっ、んんっ。いいのよ。すごく、いいの。感じすぎて、感じすぎて、それで涙が出ちゃうの」

「はうっ、先生、僕そろそろまた……」

「ああっ、すごい、あんっ、だめ。私も、きそう」

先生の腰の動きが激しさを増す。私も先生の腰を掴み、自分の下半身を突き上げていく。

「はううっ、すごいよ。ああ、もう」

「ああんっ、いやっ。だめ、お願い。早瀬君、すごい。来て、来て、来て」

「あああっ、出ちゃうっ！」

「あああんっ、いくっ！」

射精した。身体中のすべての欲望が、ペニスを通って噴出していく。

一瞬、視界がゼロになり、肉体の制御がまったく利かなくなる。激しい痙攣を繰り返す。先生の肌に指を食い込ませ、必死に腰を突き上げる。

何回も何回も射精した。いくら出しても射精が止まらない。そのすべてを先生の性器の中に吐き出すことの快感。このまま死んでもいいと思った。

私に全裸で跨がったままの先生も、私の上で激しく痙攣を始めた。そのまま突っ伏し、私にしがみついたまま、身体をビクビクと震えさせている。

先生の汗の匂いに包まれる。甘く濃密で、噎せるほど強い。

どれくらいそうしていただろうか。おそらく十分間以上、抱き合ったままだったはずだ。私のペニスはまだ先生の中に入ったままだった。

「先生、僕いっちゃいました」

「そうね。いっぱい私の中に出したみたい。私も久しぶりなのに、一緒にいけたわ」

「女の人もイクんですか？」

「そうよ、男性みたいに射精したりはしないけど、快感はむしろ女性の方が何倍もすごいのよ」

「先生もそうだった？」

中川先生が少し照れたように笑いながら、私にキスをした。

「君、すごく良かったわよ」

「僕、初めての人が中川先生で良かったです」

「ほんと？」

「はい、すごく感謝してます。色々なことがあって、ずっとモヤモヤしていたんですけど、なんだかそんなことから自由になれた気がしました」

「ありがとう。私もよ。君とセックスできて、ほんとに良かった。でも、このことは秘密よ」

「はい、誰にも言いません」

「それに……」

「それに？」

「もう二度と、私の部屋に来ちゃだめよ」

私は先生を抱く腕に力を込めた。上に乗っている先生の身体を強く抱きしめ直す。

「それって、もう……」

先生が熱いキスで私の唇を塞いだ。それ以上の言葉が遮られる。先生の舌が優しく私の舌を搦《から》め捕っていく。私は二度とこの部屋を訪れない決心をした。それが中川先生に対する、私の誠意だと思った。唇が離れる。長いキスの後。二人して慌てて息を吸う。その行為がおかしくて、笑い合った。

「早瀬君、まだ勃起したままね」

先生の性器の中に入ったままの私のペニスは、三度目の射精をしてもまだ勢いを失っていなかった。

「先生の中って、とっても気持ちいいんだもん」

「ありがとう。もうしばらくこうしていようね」

先生が私の肩に顔を埋めた。私はしっかりと、下から先生の身体を抱きしめる。私達はそのままいつまでも抱きしめ合っていた。

＊

朝、学校へ行くと、教室内がざわめいていた。いつもとは違う騒然とした空気が漂っている。ただならぬ様子で、何か事件でも起きたみたいに大騒ぎになっていた。

「おい、早瀬。なんかすごいらしいぜ」

「いったいどうしたんだよ」

友人の一人が興奮した口調で、私の問い掛けに答える。

「保健室の中川がすごいらしいぜ」

「中川先生が？」

「ああ、すごいことになってるんだって」

「す、すごいことって？」

私は息を飲んで、友人の言葉を待った。

「いつもと全然、雰囲気が違うんだって。すげえ美人になってて、もうまったくの別人なんだってさ。服とかも超セクシーな感じらしくてさ。顔とかもう女優みたいにきれいなんだって。大騒ぎになってるらしいぜ。どうなってんだろうな？」

「そ、そうなんだ……」

「みんな、保健室に中川先生を観に行ってるぜ。早瀬、俺達も行こう」

「い、いや。俺はいいよ」

「なんでだよ、変な奴だな。俺は行ってくるぜ」

興奮した様子で保健室に走って行った友人の後ろ姿を、私はしばらくの間、見つめていた。

気がつくと、顔がにやけていた。心の中に、温かいものが溢れていく。

それ以来、卒業するまで、私は二度と保健室に行くことはなかった。

9

姉の涼子が死んだ。

私はまだその現実を、きちんと受け止められてはいなかった。

病院の待合室にある古ぼけたビニールレザーのベンチ。破れかけて所々に穴が開いている。私はそのベンチに腰掛けていた。

深い緑色のビニールが、夜の静けさを吸い取ったように冷たく感じられる。

真夜中の病院の待合室。一切音がしない。ここには私と恋人の由美子以外は誰もいない。

非常口を示すランプが、私の頭上に緑色の明かりを灯《とも》している。そのランプのせいだろうか。開いた私の手のひらが、不健康な薄緑色に見える。

いや、もしかしたら、本当にそんな色をしているのかもしれない。今、鏡で自分の顔を見たら、私こそ死人のような顔色をしているに違いない。

手の震えが止まらなかった。

私は上着のポケットから両切りのキャメルを取り出すと、ライターで火を点けようと試みる。しかし震えの止まらぬ指先では、思うように火は点かなかった。

「ここは禁煙よ」

普段と変わらぬゆったりとした口調でそう言いながら、由美子が私の口に咥《くわ》えられたタバコを指先で摘み取る。

そのままタバコは彼女のブラウスの胸ポケットにしまわれる。私はその間ずっと、タバコの行方を目で追っていた。

黒いレースのブラジャーが白い薄手のブラウスの下に透けて見える。タバコがしまわれた胸ポケットのあたりが、ちょうど胸の隆起の先端あたりだった。

私と暮らしていた頃の姉は、決して黒や赤などの派手な下着はつけなかった。私の下着に隠れるようにベランダに干されていた姉の下着は、常に白かそれに近い淡い色のものだった。

線が細く色白で純和風な面立ちの姉に比べ、由美子は祖父がカナダ人だということもあって、クォーター特有の彫りの深い典型的な現代美人だった。

高い身長、グラマラスな肉体、よく伸びた手脚。そして、自己主張の強い顔立ち。

外資系の保険会社でファイナンシャルプランナーとして、主に法人相手に資産運用や年金活用、税金対策等のコンサルティングをしている。

意志の強さを物語るような切れ長の目と、真っ赤な口紅のよく似合うぽってりとした厚みのある唇が、彼女のキャリアウーマンとしての活躍を助けていることも事実だったが、実際彼女は有能なビジネスウーマンでもあった。

タイトなミニスカートとピンヒールのパンプスで、彼女は並み居る男達を掻き分けて、次々と大きな仕事をまとめ上げている。

彼女と知り合ったのは、私が趣味程度に翻訳の手伝いをしているミステリー作家の、出版記念パーティーの席だった。

私が密かに心を寄せていた姉とはあまりに異なったタイプだった彼女に、正直なところ第一印象ではあまり興味を持てなかった。

しかしなぜか私が恋の琴線に触れたらしく、それまで男など単なる遊び相手くらいにしか考えてこなかった彼女に、真剣な恋愛対象として見られるようになってしまい、その後も度々誘いを受けるようになった。

派手好きで性にも奔放だった彼女が、遊び仲間のボーイフレンド達をすべて清算して交際を迫るようになったのだから、それまでほとんど女性との恋愛経験のない私が、彼女と男女の関係になるまでには、そう長い時間は掛からなかった。

誰もがうらやむような美人の由美子。今その彼女が傍らからそっと手を伸ばし、震える私の手を優しく握ってくれている。

姉の涼子が死んだ。私の愛した姉が……。

手に力を込めても、いっこうに震えは止まる気配がなかった。私は膝の上に置かれた自分の両手を見つめる。開いた手のひらに、一滴の水滴が落ちる。

続けてまた一つ。そして、また一つ。ぽたぽたと雫は続けざまに落ちる。隣の由美子がハンカチを差し出してきて、初めて私は自分が泣いていることに気づいた。

そうか、泣いていたんだ。

一度溢れ出すと、もう涙は止まらなかった。

姉が死んだ。

由美子に差し出されたハンカチが涙で滲んで見えた。薄暗い待合室の中で、それは異質なくらい白く際立って見える。

きれいにアイロンのあたっている白いレースのハンカチ。私はゆっくりと目を閉じる。瞼に押し出された涙が、頬を伝っていくのがわかる。

頬が熱く感じる。

そう言えばあの時、姉が差し出したハンカチも、ずいぶんと白く感じた。私の記憶の中に残っている姉のハンカチは、心が痛いくらい白くて、そして美しかった。

＊

あれは私が九歳、姉が十四歳の時のことだったと思う。

私はまだ小学生で、姉はすでに中学の二年生になっていた。癌で亡くなった母方の祖母の葬儀に、家族で出席していた。

前夜に通夜、そして午前中に告別式を終え、祖母の亡骸《なきがら》は荼毘《だび》に付されるところだった。灰になるまで焼き上げる間、親族は火葬場の奥の待合室で待たされていた。一時間以上もかかると聞いて、姉と私は待合室を抜け出し、裏庭で遊んでいた。

葬儀ということもあって、姉は紺のセーラー服を着ていた。白いリボンを胸で小さく結んだ姉の制服姿は、弟の私にでさえ眩しいくらいに、よく似合っていた。

春の終わり頃だったように思う。裏庭の花壇には、終わりかけたパンジーやビオラが並んでいた。

紫、橙《だいだい》、赤、朱、白、黄、蒼。色とりどりの花が花壇を飾る。私はその花に吸い寄せられた一匹の蝶を追っていた。

ひらひらと宙に舞う蝶。それを追いかけ、駆け回る私。

その光景を笑顔で見つめている姉。

黒地に青い紋様のその蝶に誘われるようにして、私は花壇の柵を飛び越えようとした。姉にいいところを見せようと思ったのかもしれない。

勢いをつけて、大地を蹴った。しかし、思っていた以上に、白いプラスチックでできたその柵は高かったようだ。

私は柵に足を取られ、その場に転んでしまった。あっ、と思って慌てて手をついた。

「痛っ！」

落ちていた小さなガラス片で指先を切ってしまった。傷は小さかったが、思ったより深かったようで、たちまち指先から血が溢れた。姉が駆け寄ってきて、私を抱え起こした。

「だいじょうぶ？」

私は姉の腕の中で、小さく頷く。

「うん、だいじょうぶ」

「傷、見せてごらん」

私は姉に傷ついた指先を突き出した。

「血がいっぱい出てるね」

「うん」

「痛い？」

噴き出す血の量に比べ、痛みはたいしたことはなかったが、なぜか姉に甘えてみたくなった。

「ちょっと、痛い」

「待ってね」

姉が私の手を取る。傷ついた私の指先を見つめている。それはとてもゆっくりとした動作に見えた。

まるでスローモーションフィルムを見ているかのように、姉の顔はゆっくりと私の指先に近づいていった。

小さな唇が開く。少しだけ、舌が見えた気がした。

紅《あか》い舌。

姉は血の噴き出し続けている私の指先を、静かに口に含んだ。生暖かい口中の感触が指先を包む。しばらくして、少しきついくらいに吸われる。私の傷口から血を吸い出しているようだった。やがて姉の舌がゆっくりと私の指に触れる。チロチロと舐めるように、傷口の上を何度も這い回る。

私は姉の顔を見る。その視線に気づいたのか、姉も私に視線を向けた。姉と目が合った。

私の指は姉の口に含まれたままだ。

私は姉の目を見ていることができなくなって、慌てて顔をそらした。姉が笑っていたような気がしたからだ。その笑い顔は、今まで一度も見たことのないものだった。

私の知らない姉。そんな気がした。怖かった。そして、恥ずかしかった。

たぶんそれは九歳の私が感じた、初めての性的な感覚だったと思う。その時、私は姉を初めて女として見たのだ。

ペニスが勃起した。もちろんすでに勃起は何度も経験していたし、自慰をしたことだってあった。しかし、それはいつも目を閉じた暗闇の中で行われる妄想の世界でのことだった。

でも、その時は違った。

姉の口の中の生暖かさ、舌の柔らかさを自分の指先で直《じか》に感じて、その感触に興奮したのだ。物理的な刺激と姉に感じる精神的な刺激。姉が私の指をしゃぶっているという妖しい感覚に、ペニスが異常なまでに反応した。

姉がゆっくりと私の指を口から抜き出した。私の指先と姉の唇の間に、唾液が一本の糸を引いて伸びる。ゆっくりと長く伸び、そしてそれは切れた。

私の指の傷口は、まだ血を噴き出し続けていた。姉が紺色の制服のスカートのポケットから、白いハンカチを取り出した。

真っ白でレース地のハンカチだった。姉はそのハンカチを広げると細くたたみ直し、一本の包帯のようなものを作った。そして私の指に巻こうとする。

「血、ついちゃうよ」

ハンカチが汚れることを、私は心配した。それを聞いた姉は、今度は私がよく知っているいつもの笑顔を見せて言った。

「いいの」

ハンカチで作った包帯が私の傷口を被《おお》う。たちまち白いハンカチはたくさんの血を吸い上げた。白い布地に真っ赤な血が広がっていく。

ズボンの奥では、ガチガチに勃起したペニスが脈打っていた。セーラー服の開いた襟から、姉の薄い鎖骨が覗いていた。美しい姉。

私はいつまでもいつまでも、ハンカチの白い色とそれについた血の赤い色を見ていた。

きれいだと思った。

＊

「だいじょうぶ？　しっかりして」

由美子の声に私は我に返った。

幼い頃の姉のことを思い出していた。ハンカチの思い出。優しかった姉。しかし、その姉はもう死んだのだ。私は現実を受け入れなくてはならない。

人の死というものはとても辛くて悲しいものだが、一度その事実を受け入れてさえしまえば、その後はひどく事務的で淡々とした現実だけが待っている。私はそのことを両親の死の時に味わわされていた。

私は姉の持っていたバッグの中から鍵を取り出すと、自分の上着のポケットにそれをしまった。それ以外のものは、まだ鑑識による調べが入るということで、警察に渡しておく。

由美子の白いハンカチで涙を拭くと、私はベンチから立ち上がった。

「これからどうするの？」

「姉さんのマンションに行ってみるよ」

「それでどうするの？」

「前に言わなかったっけ？　姉さんと義兄《にい》さんの間には、子供がいるんだよ」

「子供……」

「ああ、女の子だ。姉さん達家族は、義兄さんの仕事の関係で、五年前からニューヨークで暮らしていたんだ。義兄さんが再び国内勤務に戻って、三日前に帰国したばかりだった。その時本当は成田に迎えに行くつもりだったんだけど、そんなのかえって恥ずかしいからいいって姉さんが言ったんで、俺はまだ会ってなかったんだ。明後日《あさって》、帰国祝いに一緒に食事をする約束だった」

「じゃあ五年ぶりに会えるはずだったのに、こんなことに？」

由美子の美しい左の眉が斜めに上がる。辛いことを考えている時の彼女の癖だ。

「どうやら事故現場には子供はいなかったようだから、きっと姉さんのマンションで留守番してるんじゃないかと思うんだ。何かの理由で、夫婦だけで出掛けていたんだろうな。五年前に八歳だったから、今は十三歳ということになる。何の用事で姉さん達が出掛けたのかはわからないけど、十三歳なら一人で留守番させられても、おかしくはないだろう」

「そうね、無事でいてくれるといいわね」

そう言って、由美子は私の腕に自分の腕を絡めた。二人で病院を出て、タクシーを拾う。

深夜の街。私達はタクシーを飛ばし、目白にある姉のマンションへと向かった。

一階のエントランスには小さな噴水がある。その奥にガラスの大きな自動ドア。手前にインターフォンとテンキーのついたキーボックスがある。

私はポケットから鍵を取り出すと、鍵穴に入れて右に回した。すぐにオートロックのガラスドアが開く。その先に三基のエレベーターが見える。

姉達家族の部屋は最上階だ。由美子と二人でエレベーターに乗り込む。

エレベーターが動き出しても、お互いに何もしゃべらない。二人ともドアの上にある通過階を示すランプをじっと見ている。

二階。三階。四階。五階。

エレベーターは低いモーター音とともに、最上階へ昇っていく。

六階、七階、八階、九階。十階に着いて、ドアが開く。

私と由美子は譲り合うようにお互いの顔を見合わせている。意を決して、私は先に足を踏み出す。

エレベーターから数えて二つ目のドアが姉達の部屋のものだ。ここに来るのは五年ぶりだった。

何も変わっていない。

前に来た時は、姉達家族のアメリカ行きの送別会だったはずだ。ドアの横には木彫りで「山口」と表札が出ている。

本当に何も変わっていない。

ただ違うのは、このドアを開けても、もう姉はいないということだけだった。

私の愛する姉が、私を出迎えてくれることはもうない。私の呼びかけに対して笑顔で応えてくれることは、もうこの先永久にありえないのだ。

私はドアノブの上の鍵穴に鍵を差し入れようとして、思い直してやめた。

インターフォンを押す。反応はない。

いないのだろうか。いや、深夜だから寝ているのかもしれない。

私はもう一度、インターフォンを押してみる。しばらくすると、スピーカーから声が聞こえた。

「はい。どちらさまですか？」

なんとなく聞き覚えのある女の子の声。まだ少し幼さを残しているように感じる。私の胸の鼓動が早まっていく。

「知里ちゃん？」

「はい。えっ、どちらさまですか？」

たどたどしいくらいにゆっくりとした少女の声。綿菓子のように甘い声だ。

「ああ、早瀬です、早瀬。本当に知里ちゃんなの？」

「ハヤセ？　早瀬おじさま？」

「そうだよ。知里ちゃん、開けてくれるかな？」

「はい」

抑揚の薄い、か細い声。まるで姉の子供時代のようだ。ドアの向こう側でロックを外す音が聞こえる。一呼吸置いてから、私はドアを開けた。

玄関の明かりの下に、一人の少女が立っていた。

今さっきまで寝ていたのだろう。純白のパジャマ姿のまま、少女は点けた電灯の眩しさに、心なしか目を細めていた。

私はその少女を見た瞬間、全身の細胞のひとつひとつが凍りついたように身動きできなくなってしまった。

いや、身動きどころか、息さえも吐けない。身体中の血の流れがすべて止まってしまったかのようだ。

それだけではない。私を取り巻くすべてのものが、そう、時間さえも止まってしまったかのように感じる。

深夜の突然の来訪者に戸惑い、不安の色を隠せずこちらを見つめている少女に対し、私は何の言葉も掛けてあげることができなかった。

見つけた。ここにいたんだ。長い間、私が求め続けながら、決して手に入れることのできなかったものが。

私は震える手に渾身《こんしん》の力を込め、少女にその手を伸ばした。ゆっくりと少女がその手を握る。

温かい。私の手の中に、少女の手がある。私は見つけた。

少女がつぶらな瞳で私を見つめ返してくる。その顔はまぎれもなく、長年にわたり私が密かに愛し続けてきた姉のものだった。

透き通るような白さを持った肌。表情によってその色を変える大きめの瞳。腰までまっすぐに伸びた、絹糸のような黒髪。抱きしめたら折れてしまいそうなくらい細い身体。しなやかで長い腕と脚。そして熟れた苺《いちご》を思わせるような濃い赤色を持った、薄いあの唇。

すべてが子供の頃の姉にそっくりだった。

いや、そっくりなどという次元ではない。五年ぶりに会ったその少女は、かつて私が密かに愛した頃の姉そのものだった。

死んだはずの私の姉。

ほんの一時間前、病院のベッドで冷たくなって横たわっていた姉が、今私の前にいる。それも私が愛した頃の姿に戻って。

私の手の中にある少女の手は、ほんのさっきまで寝ていた為か、少し汗ばむくらい温かい。

姉は私の前からいなくなってなどいなかった。十数年の歳月をさかのぼり、私と暮らしていた頃の姿に戻り、再び私の前に現れてくれた。

私の姉。私の愛した姉。

帰ってきてくれたんだね、私のところへ。

＊

白木の棺《ひつぎ》が焼却炉に入っていく。姉の身体が焼かれる。

手馴れた作業という感じでボタンを操作して、年配の係員が焼却炉の扉を閉める。すべてがオートメーションで流れていく。係員が点火ボタンを押す。

告別式から一緒に来た僧侶が、最後のお経を唱え始める。焼却炉の上に「二号」と番号が振ってある。姉はこの二号焼却炉の中で、あと一時間もすればすべて灰になるのだ。

父方の親戚達が耐熱ガラスでできた小窓から、炎の様子を覗き込んでいる。

集まった親族の数は、父と母の葬儀の時に比べ、ずいぶんと少ない感じがした。

それはそうだろう。

あの時は少しでも遺産のおこぼれに与かろうと、普段は年賀状さえよこさないような親戚達が、まるでハイエナのように集まってきていたのだ。

今回、姉はすでに嫁いでいた。早瀬家の親類に遺産が渡ることはありえない。

隣の「一号」と書かれた焼却炉では、姉の夫の山口幸造の亡骸が炎に包まれていた。いや、姉の夫ではなく、姉の夫だったと言うべきだろう。死んでしまってはその身体は、ただの肉の塊に過ぎない。ましてや炎の中にあっては、もうその肉の塊さえはっきりとはせず、すでにそのほとんどは灰と化してしまっているに違いない。

灰はあくまでただの灰であって、姉の夫ではありえない。

一号焼却炉の周りに集う人数も、こちら同様かなり少なかった。幸造は姉より十五歳年上だった。もともと一人っ子で、兄弟はいなかったはずだ。

父親は幸造が姉と結婚する前に肺癌で亡くなっており、今は信州の田舎で一人で農業を営んでいる年老いた母親が、唯一の親族だと聞いている。

喪服に埋まるように背中を丸めて両手を合わせている老女が、その母親だった。老齢ということもあり、葬儀の喪主は私が務めたのだが、幸造の母親はまるで一気に百歳を超えたかのように生気を失い、このまま息子とともに往《い》ってしまうのではないかと心配なくらい、気落ちして見えた。

農作業でひどく曲がってしまった背中が、よけい侘《わび》しさを募らせていた。彼女が一生をかけて愛してきた息子も、今は炎の中で灰になろうとしている。

二号焼却炉ではかつて私の姉だった肉体が、ほぼ灰となっていた。炎はその最後を飾るかのように勢いを増していた。もう「あの姉」はただの灰になってしまったのだ。

私は隣に目を向ける。私の傍らに少女が佇《たたず》んでいる。霊柩車を降りてからずっと、私の手を握り続けている。

姉が遺してくれた、私の「新しい姉」。

実際、姉の一人娘の知里は、生き写しと言っていいほど姉によく似ていた。子供の頃の姉をいつも見つめ続けていた私からすれば、それは似ているというような次元ではなく、まさに姉そのものと言ってよかった。

周りの者が近寄りがたいほどの美貌を持った少女。それが私の手をそっと握り締めながら、傍らにいるのだ。

少女は泣いてはいなかった。涙を流すどころか瞬《まばた》き一つせず、じっと姉の肉体を焼く炎を見つめている。

十三歳の少女が涙を見せない。今だけではなかった。告別式の時も、昨夜の通夜の時も、二日前の夜に病院に駆けつけた時でさえ、少女はたった一粒の涙さえこぼさなかった。

彼女の涙した姿を知っているのは私だけ、いや正確に言えば、私と由美子だけだった。

それは、姉の死を告げたあの夜のことだった。

五年ぶりの再会は、私と少女にとって、想像しうる最悪の状況であったと言っていいと思う。彼女にとって私の持ってきた知らせは、被告人に死刑判決を言い渡す裁判官以上に残酷なものだったに違いない。

腰まで伸ばした長い黒髪を赤い細いリボンで結んだ可憐《かれん》な少女。純白のパジャマ姿でまだ眠い目を擦っているこのかわいらしい天使に対して、私は彼女の両親の突然の死という残酷な現実を、心に鞭《むち》打つようにして伝えなければならなかった。

少女は叫び、喚《わめ》きちらし、錯乱して半狂乱になるかもしれない。恐怖に心を閉ざし、一瞬にして気を失ってしまうかもしれない。それとも全身の水分が涸《か》れてしまうまでひたすら泣き続け、最後はそのまま心が壊れて、狂人になってしまうかもしれない。

私は少女を見つめながら、そんな彼女の姿を想像した。

五年ぶりに出会った少女は、幼虫が蛹《さなぎ》を経て美しい蝶になったように、その姿を変容させていた。

ただ純粋で可憐に過ぎなかったその容姿に、微かではあったが大人の女としての「香り」が纏われ始めていた。

きれいな薔薇《ばら》に棘《とげ》があるように、美しさの中に男を惑わす危険な魅惑さが溶け混じっている気がする。それは他人には、ただの美しさが醸し出す輝きの一つに見えるかもしれないが、いつも姉を傍で見ていた私には、姉の持つもう一つの顔を連想させた。

五年ぶりに会った少女に対して、私はその香りを嗅ぎ取ったのだ。

甘く美しく、そして妖しい香り。それは、かつて私が愛した姉の香りだった。

姉に生き写しの姿に成長した少女。その少女に私は今から、両親の突然の死という残酷な知らせをもたらす。

私は人の運命を翻弄《ほんろう》することを許された神のような気持ちだった。

この愛らしい少女にこれから訪れるであろう地獄を心底かわいそうに思う反面、自分に与えられた重大な特典を、密かに楽しんでもいたかもしれない。

少女はすべてを失う。

愛する両親。温かい家庭。豊かな生活。そして、輝かしく幸福に満ちた未来。代わりに訪れるのは、絶望と悲しみと孤独。そこでは私だけが彼女に救いの手を差し伸べることができるのだ。

彼女の唯一の庇護者は私になる。私はずっとずっと長い間、この手にすることのできなかったものを手にいれるのだ。

姉のすべてを。

姉の心と肉体。姉に愛される私。姉に求められる私。姉に請われる私。さあ、今から私がお前のすべてを守ってあげよう。なぜなら私はずっとずっとお前を愛していたのだから……。

私は少女に告げた。

「パパとママは亡くなったんだよ」

私がその言葉を口にしてしばらくしても、少女は何の反応も示さなかった。

少女が私を見つめる。

私の言葉そのものがまるで知らない外国の言葉であって、まったく理解することができないというような顔だった。

私は再び彼女に告げる。

「パパとママは死んだんだよ。乗っていた車が事故に遭ったんだ」

彼女の顔がまるで死人のように精気を失っていく。まるで魂の抜け殻のように、呆然と立ち尽くす。

そしてその時、少女の瞳から幾粒かの涙がこぼれ落ちた。まるでダイヤをちりばめられたネックレスのチェーンが切れたように、宝石のような涙がきらびやかな光を帯びながらこぼれ落ちていった。

私は次の言葉を掛けるのも忘れて、ただその涙の雫を見つめていた。美しいと思った。心が千切れそうなほど、惹きつけられた。由美子に後ろから背中を突《つ》かれて、ようやく我に返る。

「ともかく病院へ行くから、支度をしなさい」

少女が涙を流したのは、後にも先にもその一回限りだった。


灰を骨壺に納め、そのまま続けて初七日の法要を行ってしまうと、一通りの葬儀が終わる。私が親戚一同を代表して挨拶をすると、最後まで付き合ってくれた縁の深い参列者達も帰途についた。長い一日が終わる。

私は少女を車でマンションに送り届ける。しばらくの間は、彼女の祖母である幸造の母親も一緒だ。

マンションに着いた頃には、すでに陽もだいぶ落ちていた。主《あるじ》のいなくなったマンションは、気のせいかやけに冷たく感じる。広いリビングのフローリングも白いクロスの壁も、そこには人の温もりは少しも感じられない。

「ありがとうございます」

ソファに腰を下ろした老女が小さな声で礼を述べる。

少女も言葉は発しないが、小さく頭を下げた。

身体つきは大人びて見えるが、その表情はまだまだ子供そのものだ。不安と怯《おび》えの色は、隠しても隠しきれない。

これからの自分の生活に対する漠然とした不安が、彼女の小さな胸を締めつけているに違いない。

そんな少女の様子を見た老女が、小さなため息とともに再び言葉を漏らす。

「ほんとにこの子が不憫《ふびん》で……息子もこんなかわいい子供を一人で遺して、さぞかし無念だったことでしょう」

老女が両手を合わせ、口の中でもごもごと念仏を唱え始めた。彼女自身も不安を抱えている。老女をいたわるように、私も声を掛ける。

「姉も同じ気持ちだったと思います」

「私は身体が弱く、足腰も満足には動かせないありさまで、近いうちに田畑を売って老人ホームにでも入るつもりでした。最近では歩くこともままならず、車椅子に頼る日も近いと覚悟しております。ほんとにこれからどうしていいやら……」

皺だらけの小さな手だった。長年にわたって風と土に晒《さら》されてきた黒い手。農家の女の手だった。その小さな手で顔を覆ってため息を吐く。老女の身体がまた一回り小さくなったように見えた。

「今夜のところはいったん帰ります。お疲れになったでしょうから、明日は少し寝坊して、ゆっくり起きてください。私も昼前にはまたこちらに伺いますから、これからのことはその時にゆっくり話しましょう」

風呂の支度と簡単な夜食の準備だけして、私は姉のマンションを後にした。

10

私が自分のマンションに戻ると、先に戻っていた由美子が待っていた。彼女は私の部屋の合鍵を持っている。

玄関先で清めの塩を礼服に振ってもらいながら、由美子に鞄を手渡す。ふと、まるで夫婦のようだと思った。一瞬、奇妙な違和感を覚えた。

今までなら何でもないことだった。実際に週末は同棲に近い生活をしてきたのだ。いずれは結婚するのだと、二人とも漠然とではありながら、認め合ってきた仲だった。

それなのに今はその感覚に馴染《なじ》めなかった。いや、一種の嫌悪感さえ覚えた。何かが変わってきたのだ。

「おかえりなさい。知里ちゃん、どうだった？」

「ああ、相変わらずだな。ほとんどしゃべらないし、涙も見せない。あまりのショックに、悲しみを感じる感情が麻痺しちゃったのかもしれないな」

「かわいそうに……」

私は礼服をクローゼットにしまうと、シャワーを浴びにバスルームへ向かう。洗面台の前で下着を脱ぎながら、姉のことを思い出した。

私の住んでいるこのマンションは、両親が亡くなった後に、私と姉の二人が移り住んだものだった。

両親が事故で死んだ時、私は今の知里より二つ上の十五歳だった。姉は二十歳で大学生だった。それから五年間、私と姉は二人だけでこのマンションで暮らした。

姉は大学を出た後に就職したが、やがてその勤務先の上司と交際を始めた。そして私が成人式を迎えた年に、その上司と結婚してここを出て行った。

その相手が山口幸造だった。山口はビジネスマンとして成功を収めていたし、年齢も姉より十五歳上ということもあって、生活には不自由はなかったようだ。姉は父の遺産や両親の保険金のほとんどを私に残して、身一つで嫁いでいった。

私は一生遊んでも使いきれない莫大な財産を手にし、自分の身の振り方に苦慮することになった。

大学院まで学生生活をずるずると引き延ばし、社会に出ることを遅らせても、その答えはなかなか見つけられなかった。

結局はきちんとした就職はせず、翻訳のアルバイトのようなことをしたり、出版社の紹介で高名な作家の助手のような場つなぎの仕事をして、日々の生活を誤魔化していた。

働かなくとも一生生活には困らない。私には一生遊び続けても使いきれないほどのお金があるのだ。それが私にとって自分の生涯の生きがいを見つけることの、大きな障害になっていたことも事実だったと思う。

現代のこの社会生活において、お金で自由にならないことを見つけることは、かえって困難なことだった。手に入らないものがない人生において、人生そのものの目標を定めることは、悟りの境地を開く以上に難しい。

そして私はそんな自分の人生を、明らかに持て余していた。すべてが手に入るということは、何も手に入らないということと、実は本質的にそう大差がない。

そんな私の生活ぶりを見て、時々姉は小言を言ったりしていたが、どこかで私のその退廃的な生き方を、許しているようなところもあった気がする。

裸になって鏡に映った自分の姿を見る。私ももうすぐ三十五歳になる。肉体は少しずつ衰え始めている。

高校生の頃、この鏡の前で姉の下着を使って、オナニーをしたことがあった。それを見つかってしまったにもかかわらず、姉は私を許してくれた。姉はすべてをわかった上で、私を許してくれたのだ。

私が過去の思い出に包まれたと同時に、肉体にあからさまな変化の兆しが現れた。それは一瞬のうちに私の全身を駆け抜け、性器の先端へと流れ込んでいった。姉への追想が一瞬のうちに私の性器を変化させた。

鼓動に合わせて大きく脈を打ちながら硬く膨張し、天をつくペニス。私はバスルームに入り、頭からシャワーを浴びた。

身体中にボディソープを塗りたくり、水に近い水温に下げたシャワーを掛ける。

しかしそれでもペニスはますます熱くなっていく。姉の視線が脳裏を過る。そして同じ瞳を持った知里の視線。

ペニスが限界まで膨れ上がった。私は諦めてシャワーのコックを閉じた。

ほとんど身体を拭いもせず、バスタオルを腰に巻いただけで、リビングルームへ向かう。

由美子はソファの上で脚を投げ出し、ファッション雑誌を読んでいた。

私の方に振り向く。声を掛けようとして、すぐにバスタオルを大きく持ち上げている私のペニスに気づく。

「隆。すごい……」

由美子が唾液を飲み込む音が聞こえたような気がする。

ゆっくりと喉が動く。

私は黙って立っていた。由美子をずっと見つめている。ソファに投げ出されていた美しい両脚がゆっくりと組み替えられる。ストッキングに包まれた脚がタイトのミニスカートから剝き出しになった。

私はそれでも黙ったまま、その場に立ち尽くしていた。しびれを切らしたように、由美子が私に声を掛ける。

「こっちに来て」

私はそれでもまだ動こうとしない。自分でもその意味はわからなかった。由美子が自分で白いブラウスのボタンを外していく。

「こっちに来て。お願い……」

そう言いながら、由美子がソファから立ち上がった。

ブラウスが床に落ちる。スカートのジッパーを、薄いピンク色のマニキュアに彩られた指先が摘み上げる。由美子の焦燥感を表すように、ジッパーは一気に引き下げられる。

豊かな腰をねじるようにしながら、黒いタイトスカートが足首まで落とされた。輪になって床に落ちたスカートを由美子が跨ぐようにして一歩踏み出し、そのまま両手を背中に回す。

私に対して誇示するように、豊満な胸が突き出される。ブラジャーのホックが外れ、やや大きめの乳りんに囲まれた乳首が見えた。

ブラジャーが床に落ちる。

由美子がまた一歩、私に歩み寄る。その間も由美子の目は、ずっと私を見つめたままだ。

由美子の目の周りが、ほんのりとピンク色に上気してくる。興奮している証拠だ。おそらくすでに性器は熱い潤いを溢れさせているに違いない。

そのままショーツの腰の部分の結び目を解く。

右。そして、左。

開かれた両脚の間に、黒いショーツが落ちる。由美子がまた一歩前に出る。もう私の目の前だった。

ソファから私の所まで、由美子の後ろにはまるで足跡のように、点々と服が脱ぎ散らされていた。それは何かの生き物の脱皮した抜け殻のようにも見えた。

由美子が跪く。

私の腰に巻かれたバスタオルに手が掛かる。肌に触れた彼女の指先は火がついたように熱い。見上げた由美子の視線と私の視線が絡み合う。

バスタオルが床に落ちた。

由美子は私から視線をそらさぬまま、ペニスを口に含む。それは口に含むというよりも、何時間も砂漠を歩いた遭難者が、やっと見つけたオアシスの泉で、水をがぶ飲みする姿を、私に連想させた。

彼女の顔が形を変えるくらい、ペニスが強く吸われる。

温かい。

ペニス全体を気が狂うような快楽が押し包む。由美子の頭が前後に大きく振られる。その度に唾液が溢れ、言葉では表現できないような猥雑な音が、私の耳にまで届く。

音による悦楽的愛撫。

その音をまるで誇るかのように、由美子は頭を振る速度を速める。豊かな乳房が私の脚に打ちつけられる。後ろに回された由美子の指が、私のアナルに差し入れられる。

第一関節。

絡み合ったままの視線で、由美子の目が私の神経を犯す。排泄器官で快楽を味わう背徳感を、絡み合った視線の中で共有する。

共犯者だけが持ちうる秘密の快楽。指がさらに奥まで入り込む。

第二関節。

ゆっくりと粘膜を刺激するように回転しながら、快楽の中枢を探り当てようと、様子を窺う。思考が麻痺していく。理性が液体になる。

第三関節。

細く長い右手の中指が、付け根まで私の体内に飲み込まれる。指先の微かな震えさえ、神経を直接鷲掴みにしたような暴力的快感をもたらした。

ペニスの付け根を内側から愛撫されているような感覚に襲われる。尖った爪の先が、直腸の小さな襞をコリコリと掻きあげる。悲鳴をあげそうになる。

ペニスの先端が由美子の喉を通り越して、さらに奥まで飲み込まれる。

性器を外側と内側から同時に蹂躙《じゅうりん》され、下半身がまるで熱せられたチョコレートのように、どろどろに溶け出していく。

私の反応を感じ取り、由美子がペニスを口から吐き出した。唾液でベトベトになったペニスが、ずるずると引き出される。

由美子の目が麻薬中毒患者のように、焦点を失い彷徨《さまよ》い出す。たまらなくなった私は彼女をその場に押し倒すと、両脚を高く抱え、体内に押し入った。

その瞬間、彼女の性器から強烈な性の芳香が漏れ出る。それを胸いっぱいに吸い上げるだけで、ペニスに怒濤《どとう》のように血液が押し寄せた。匂いまでが刺激になる。

由美子の中は、火に掛けすぎて沸騰してしまったシチューのように、熱く沸き立っていた。火傷しそうなほど強烈な刺激がペニスを押し包む。

私はそれでもさらに奥深く、由美子を貫いていく。床の上で由美子が仰け反り、顎が突き出される。痺《しび》れた神経から絞り出されたようなくぐもった声が、身体の中から溢れ出してきた。

最初の一突きで、由美子が軽く達したのがわかる。しかしそんなことはお構いなしに、私は暴力的なくらい強引に、ペニスを抽送し始める。

由美子の手が空気を掻き毟《むし》る。彼女の身体が上下に大きく揺さぶられるくらい、私は腰を激しく叩きつける。

その間ずっと、彼女の目は私の目を見つめ続けていたが、焦点はまったく合っていない。ひたすらペニスを由美子につき立てる。私の名前を呼び続ける彼女の声が、やがて意味を成さなくなっていく。額から噴き出した汗が、ぽたぽたと由美子の肌の上に降り注ぐ。

やがて私の快感も、その頂点を目指し始める。それを接した粘膜で感じ取ったのか、由美子の目が大きく見開かれる。

「中で出して！　中に、中にちょうだい！」

切羽詰まったような表情で、由美子は懇願する。私もその気になっていた。由美子の中に私の精を解き放つ。その生の源流に身を委ねるような快楽に、溺れてみたいと思った。

腰の動きをさらに強く、そして激しくする。

もはや由美子は思考を停止させ、快楽だけを無心に享受しようと、子宮だけに全神経を集中させている。その姿を見るだけで、雄として興奮が高まっていく気がする。

いきたい。

そう思った瞬間だった。脳裏に知里の姿が蘇った。あの夜、姉の死を告げに行った時の姿だ。

純白のパジャマ姿のまま、不安そうな顔で玄関に立ち尽くす知里。私を見つめる深い灰色の瞳。姉と同じ色の瞳だと思った。瞳だけではない。すべてが幼い頃の姉と瓜二つの姿。

その少女に私は両親の死を告げたのだ。

深い悲しみと絶望。

押し寄せる制御不能の感情の波に、ただじっと歯を食いしばって耐える少女。

抱きしめたいと思った。

抱きしめたい。この腕の中に、抱きしめてあげたい。そして、愛したい。

私は下を見下ろした。床の上では私に組み敷かれて、由美子が快楽にのたうちまわっていた。獣のような咆哮を上げ、全身を赤く染めて、快楽をむさぼっている。

私は何をやってるんだろう。

次の瞬間、私のペニスは由美子の身体の中で、一切の力を失ってしまった。硬さも、熱さも、そして感情さえも……。

小さく萎んでしまったペニスが、ずるずると由美子の性器からこぼれ出てきた。慌てたように由美子が手を伸ばし、ペニスを摑む。上下に擦り上げ、刺激を与えながら再び体内に戻そうとするが、硬度を失ったペニスは容易には入らない。

由美子は身体を起こし、再びペニスを口に含む。狂ったように舌を使い、顔を前後に振り続けて刺激を与えようとしてくる。

二人の体液で汚れたペニスを、気にすることなくしゃぶり続ける。口の周りに涎が溢れる。

しかし、もはや私のペニスが欲望の意思を持つことはなかった。

ダラリと意思を失った肉塊。

私は無表情なまま黙って彼女を見下ろしていた。十数分の間、由美子は口による刺激を与え続けていたが、結局最後まで私のペニスが再び力を取り戻すことはなかった。

諦めきれないような顔のまま、それでも仕方なしに由美子は顔を上げた。

「すまない」

言葉だけで由美子に詫びた。

「ううん。仕方ないわよ。お姉さんのことがあったばかりですもの。精神的に疲れているでしょう。私、気にしてないから……」

未練がましい目で私のペニスを見つめていた由美子を残し、私は再びバスルームへと向かった。


朝になってベッドの中で目が覚めると、隣にはまだ寝息を立てている由美子がいた。昨夜は気まずい雰囲気のまま、二人でベッドに入ったのだ。

私の起き出す気配に、由美子が目を覚ます。

「出掛けるの？」

「ああ、姉さんのマンションに行ってくる。いつまでも年寄りと子供だけってわけにもいかないからな」

「それ、どういう意味」

途端に由美子の顔が険しくなった。

「どういう意味って、言葉通りの意味だよ」

「知里ちゃんを引き取るってこと？」

「…………」

私は答えない。

「私は嫌よ。知里ちゃんにはちゃんとお祖母《ばあ》さんがいるじゃない。何もあなたが引き取らなくたって——」

「幸造さんのお母さんは高齢だし、足腰もかなり弱ってるんだ。自分自身が介護を必要とするくらいなのに、今から子供を育てていくなんて無理に決まってるじゃないか」

「そんなことわからないじゃない」

「本人が介護施設に入ろうとしていたくらいなんだぞ。無理に決まってるさ」

「あなた、ちっともはっきりしてくれないけど、私と結婚する気、あるの？」

由美子の表情が他人の顔になっている。本当にこの女が、今まで何年も付き合ってきた私の恋人なんだろうか？

私が数えきれないくらい肌を合わせ、いずれは生涯を共にする伴侶としたいと、ずっと思い続けてきた女なのだろうか？

私は知らない女を見ているような気がしながら、由美子の話を聞いていた。

「結婚のことと知里のことは関係ないじゃないか」

「関係なくないわ。あなたが知里ちゃんを養子にするつもりだとしたら、その子は私の子供にもなるということでしょ」

子供になる。その言葉がなぜだか私を苛立たせた。

子供？　子供にするのか？

私は混乱する。私はどうしようとしているのだろうか？

「知里は両親がいっぺんに死んでるんだぞ！　しかも身よりはあの老い先短いような婆《ばあ》さんしかいないんだ！　俺が守ってやらなきゃ、誰が守ってやるというんだ！」

そう、守ってやるんだ。知里は私が守ってやる。

「そういう子の為に施設があるんじゃないの？　お金ならいくらだってあるじゃない――」

ドスンと大きな音がして、由美子が床に転がった。一瞬何が起こったのか理解できなかった。握りしめた拳が熱を持っていた。痛みがある。見てみると、血がついていた。

由美子が爆発したように大きな声をあげ、泣いていた。恨みがましい目で私を睨みつけている。

そんな目で俺を見るんじゃない。

由美子の頬が青く腫れ上がり、痣《あざ》になっていた。唇の端が切れて、血が滲んでいる。美しかった顔が醜く歪んでいた。

ああ、あの血が私の手についたんだ。

私はぼんやりと由美子を見下ろしていた。窓から差し込む朝日が眩しかった。

今日はいい天気になりそうだ。知里を公園に連れ出してみようか。アイスクリーム買ってベンチで一緒に食べたら、彼女は笑ってくれるだろうか。

そうだ。帰りにデパートで買い物をしよう。五年ぶりの日本だから、わからないことも多いだろう。

音楽に興味はあるだろうか。最近日本で流行《はや》っているCDを買ってあげよう。

服だってアメリカと日本では違うかもしれない。彼女はどんな服が似合うだろうか。姉は白いワンピースがよく似合ったよな。きっと知里にも似合うに違いない。

もう私の目には、目の前で泣き喚いている女の姿は、まったく映っていなかった。

その日、由美子は私のマンションを出て行く時、ダイニングのテーブルの上に合鍵を置いていった。

11

知里は私が引き取ることとなった。幸造の母親もそれを喜んでくれた。

東京のマンション暮らしは気苦労が多いのか、知里のことが決まると、早々に田舎に帰って行った。知里のことで気兼ねがなくなったので、以前話していた通り、田畑や家を売り払い、老人ホームに入所してしまった。

そして入所してすぐに、息子を突然に失ったショックの為か突発性の老人性痴呆症になってしまい、生きていながら自分自身も含めて、すべてのことを失ってしまった。

一度だけ会いに行ったが、もはや私のことも知里のことも誰だか理解できないようだった。

事故から僅か一ヶ月のことだった。

私は、姉のマンションで最後の荷物の整理をしていた。マンションを売ることにしたのだ。

いくら毎日のように様子を見に来ているとはいえ、いつまでも十三歳の少女を一人にしておくわけにはいかない。

明日から知里は、私のマンションで暮らすことになった。以前の姉とのように、私達は二人きりで暮らすことになる。

姉夫婦の荷物の処分と知里の引越しの為、その日は朝から姉のマンションにいた。

知里は一ヶ月前にニューヨークから引っ越してきたばかりなので、まだ荷をほとんど解いておらず、準備はすぐに終わった。

私は姉夫婦の荷物のほとんどを処分していった。幸造のものは残らずすべてを廃棄用のダンボールに放り込む。私にとってまったく意味のないものだった。

幸造の持ち物だろうか。膨大な書籍が出てきた。紙は思った以上に重い。

デッサン画の教本、美術雑誌、歴史小説、英語のミステリーのペーパーバック、それに自動車整備関係の本も何冊か出てきた。義兄といえども私と幸造は年齢も離れていたので、ほとんど交流といえるほどのものもなかった。だから、私は姉の夫に対して、何の知識も持ち合わせていない。

姉の持ち物も多かった。姉のクローゼットを開ける。たくさんの服が出てくる。私の持っていた姉のイメージとはずいぶんと違った服ばかりだった。

身体のラインを強調した服や肌の露出の多い明るい色彩の服が多い。結婚生活が、そしてニューヨークの暮らしが姉を変えたのだろうか。

下着の詰め込まれたボックスを開ける。赤や黒や紫の下着が出てくる。レースやシルクの素材で作られたそれらは、ほとんど下着としての役割を果たさないような、見る者を喜ばせるだけのデザインをしていた。

姉がこんなものを身につけていたなんて……。

姉の夫であった幸造が憎らしくなってくる。大量とも言える数の下着をすべて摑み出すと、一番下に何か隠されているのに気がついた。紙袋に包まれて、引出しの奥に隠してある。取り出して中を見て驚いた。

バイブレーターだった。露骨に男性器を模《かたど》った欲望の為だけに作られた道具。黒光りしたシリコン製のその器具は、手にしただけでそれが真新しいものではないことがわかる。

姉がこんなものを使っていた。

信じられなかった。スイッチを入れてみる。乾いたモーター音を響かせ、バイブレーターは首を振り始めた。電池はまだ生きていた。

最近まで使っていたのか……。

慌ててスイッチを切る。私は知里に気づかれないようにこっそりと、そのバイブレーターをゴミ箱に放り込んだ。

たくさんの荷物を整理していく。時間がどんどん過ぎていく。最後に幸造のクローゼットの中を整理していた時、数十枚のスケッチが出てきた。デッサン画だった。

私はなんとなくその中身を見て、驚いた。そこには少女をモデルにした裸婦画がデッサンされていた。力強い中にも繊細さの溢れたタッチで、素人目にもそこにある程度の優れた才能があったことは読み取ることができた。どれも美しい絵だった。

しかし、私を驚かせたのはそのせいではなかった。そこに描かれていたモデルのせいだった。

「それ、私です」

いつの間にか知里が私の後ろに立っていた。

「荷造りは終わったのかい？」

少女は静かに頷いた。私の手には十数枚のデッサン画がある。

「描いたのはお父さん？」

「はい。パパは趣味で時々絵を描いていました。昔はママをモデルにしていたらしいけど、私が十歳になった時から、それは私の役目になりました」

知里は時々ちょっと発音がおかしくなることがあった。しかしそれも長年日本を離れていたことを考えれば、上出来の日本語と言ってよい。むしろ日本の平均的な十三歳の少女達から比べれば、かなりきちんとした言葉を話した。敬語も上手に使う。そんなところまで姉の少女時代によく似ていると思った。

私が手にしたデッサンは、どれも知里をモデルにしたヌード画だった。そこには十三歳の少女とは思えないような、清楚な気品と妖艶な色香が漂っていた。相対するはずのこの二つが渾然と絡み合い、スケッチブックの中から溶け出してくるようだった。

小さく尖った胸と体毛のない下腹部さえ見なければ、知里ではなく姉なのではないかと勘違いしそうなほどだった。

私は十数枚の絵を順番に見ていく。恥ずかしがるかと思ったが、案外知里は無表情にその様子を傍らで眺めていた。

どれも美しかった。そこには女性としてのもっとも美しい輝きが、満ち溢れていた。

知里のヌードを描いた幸造の気持ちを測る。父親として実の娘を、それも未成熟な十三歳の娘を、このような視点で果たして見られるものなのだろうか。この絵の中には、紛れもなく性の匂いが漂っていた。

では私はどうだったろう。実の姉に対してずっと感じてきた思いは、異性に対する恋愛感情だった。そこにはもちろん性的な思いも強く込められていた。

私は一緒にスケッチブックを覗き込んでいる可憐な少女を仰ぎ見る。

「これ、もらってもいいかな？」

「おじさま、欲しいの？」

知里がじっと私の目を覗き込む。深い灰色の瞳が静かに私を見つめる。喉が渇いた。思わず唾を飲み込む。

「嫌なら無理にとは言わないが……」

拒否されるかと思って口に出してみたのだが、知里の返事は私の予想とは違っていた。

「はい、いいです」

「えっ？　本当にいいの、もらっても？」

「おじさまが欲しいというなら、私はかまいません」

蚊の鳴くような小さな声で、無表情なまま、知里はそう言った。


業者を使った本格的な引越しは明日になったが、知里は今日から私のマンションに移ってきた。姉が結婚前に使っていた部屋を、そのまま知里に使ってもらうことにする。

「今日は疲れただろう。お風呂が沸いているから、食事の前に入っておいで」

知里は黙って頷くとリビングを出て行った。一度自分の部屋に行ってパジャマを取ってくると、そのままバスルームに向かった。

私は冷蔵庫を開け、缶ビールを取り出した。プルタブを起こすと、泡がこぼれないうちに一気に三分の一ほど飲み干す。渇いた喉を冷えた炭酸が駆け下りる。長い息を吐いていると、知里が戻ってきた。

「どうしたの？　お風呂入らないの？」

知里は首を横に振る。

「お湯がまだ熱かった？」

「だいじょうぶ、ちょうどいいです」

「何か困ったことでもあるの？」

「カミ、一人で洗えないから……」

カミという発音が少しおかしくて、最初知里が何を言っているのか、理解できなかった。

「カミ？　ああ、髪かぁ。いつもはどうしてたの？」

「ママに洗ってもらってました」

私は知里の腰まで伸びた長い髪に視線を投げる。まっすぐとした黒髪が流れるように、彼女の背中に広がっている。

こんなに長い髪の子は珍しいと思ったが、知里の幾重にも天使の輪が広がった艶やかな髪を見ていると、これを切ってしまうことこそ、間違った考えだと思えてくる。

「おじさま、洗ってください」

「私でいいのかい」

「お願いします」

私は知里と一緒にバスルームに行った。脱衣場を兼ねた洗面所で、知里は服を脱ぎ出す。そこに私などまるでいないかのように、無造作にぽんぽんと服を脱いでいく。たちまち最後の一枚のショーツまで脱ぎ、一糸纏わぬ裸になった。

さっき見た幸造のデッサン画と同じ裸体が、すぐ目の前に現れた。

「いつも姉さんに洗ってもらっていたの」

「一人では上手に洗えないから……お風呂はいつもママと一緒に入っていました」

それをどう受け取っていいのか、私は戸惑った。

髪を洗うだけなら、私は靴下を脱いで腕捲《ま》くりをすればよかった。それとも姉がしていたように、私が一緒に入ることを、彼女は求めているのだろうか。

「知里は十三歳だよね」

「はい」

「じゃあ中学生なのかな？」

「入学シーズンがこっちと違いますけど、日本で言えばそうだと思います」

そう言って知里は黙っている。彼女の身体を見る。

膨らみかけたばかりの乳房は、まだ子供のものだが、平らというわけでもなく、少しばかりではあったが、女としての兆しを見せ始めていた。乳首は陥没していて、薄桃色の小さな乳りんの中に隠れていた。

発毛はまだほとんどなく、他よりやや濃くなったくらいの金色の産毛が、ほとんど閉じただけの性器の周囲に僅かながら集まり始めていた。

素肌の色は血管が透けて見えるほどに白い。細く括れた腰を中心に四方に伸びた手脚は、姉同様にしなやかで細く長かった。

私の躊躇《ためら》いを察したわけではなかろうが、知里から声を掛けてくれた。

「おじさま、一緒に入りましょう」

その一言で私は勇気を得て、服を脱ぎ始めた。それでも最後の一枚まで脱いでいいものか、戸惑いに手が止まる。私が下着に手を掛けたまま迷っている間に、知里は背を向け、バスルームの中に消えていった。

キュッと引き締まったお尻の残像が残る。私はそれに促されるようにして、最後の一枚である下着を下ろした。

私が後から入っていくと、知里は風呂場用の小さな椅子に、背を向けるようにして座っていた。お尻にやや掛かるあたりまで、長い黒髪が垂れている。髪の陰から小さな白い肩が見えている。

私はシャワーの湯を出すと、その美しい髪に掛けた。髪が湯を吸って、さらに輝きを増した。そっと手を触れる。滑らかな感触が手に広がる。

シャンプーを手に取り、髪につけて泡立てる。白い泡を使って、長い黒髪を丹念に洗い上げる。

私はさっきから自分のペニスが勃起しているのを感じていた。肌に触れたわけではない。もちろん自らの手でペニスを刺激したわけでもなかった。

ただ髪を洗っているだけなのに、私の性欲はその限界を迎えようとしていた。知里の髪は泡に覆われている。知里は私に背を向け、目を閉じていた。

私は知里の長くもつれた髪に指を絡めながら、あっけなく果てた。ガクガクと全身が痙攣した。目を開けていられないほどの快楽の波が脳天まで突き抜ける。危うく叫び声をあげそうになる。気が狂うような快楽だった。

飛び散った精液が知里の髪を汚した。白い泡に塗れた黒髪に、何回にも分けて精液が降り掛かる。私は慌ててシャワーの湯でそれを流した。

腰の力が抜けそうになりながら、私は髪を洗い終えた。最後まで知里は、後ろを振り返らなかった。

「身体も洗ってください」

「身体も姉さんに洗ってもらっていたの？」

「だめですか？」

知里の答えの意味について考える。だめですか、という言葉の持つ意味。私に身体を洗ってもらうことに対してなのか、それとも姉に身体を洗ってもらっていたということに対してなのか。私は戸惑う。

手にたっぷりとボディソープを垂らしてみる。知里は両手で自分の髪を掴み上げ、後頭部のところで纏め上げた。両手を頭の後ろで組んだ状態で立ち上がる。

私は知里の身体にボディソープを擦りつけ、手のひらを使って肌を洗っていく。透き通るような肌がピンク色に染まっていく。

滑らかな肌の上を、私のゴツゴツとした指が滑っていく。背中から腰。そして少年のような引き締まったお尻。跪いて脚を洗う。細い太腿。脹脛《ふくらはぎ》。踵《かかと》。

「こっちを向いて」

知里は素直に従う。私の方に向きを変えると、目を閉じた。両手は後頭部で組んだままだ。手を離すと、せっかく洗った長い髪が落ちてきてしまう。

私は知里の細く長い首に両手をかける。このまま絞めたら、簡単に折れてしまいそうだった。

鎖骨から肩に手を滑らせる。腕、そして脇の下。まだ毛は生えていない。膨らみ始めたばかりの乳房。私の両手の中で掬い上げるようにすると、形を変えた。その柔らかさはまだ芯が残っているような感触だ。

再びボディソープを手のひらに垂らすと、もう一度乳房を洗う。今度は円を描くように執拗に手を動かす。私の手の中で形を変え続ける小さな硬い乳房。やがて刺激に反応したのか、陥没していた乳首が外に飛び出してきた。

「痛いかい？」

私が声を掛けると、知里は目を閉じたまま小さな声で答えた。

「だいじょうぶです。少し、くすぐったいけど」

両方の乳首とも刺激に硬さを増し、しっかりと持ち上がっている。大人の女としての身体が作られつつあるようだ。一度だけ姉と一緒にお風呂に入った時の甘美な記憶が蘇る。

胸から手を滑らす。お臍。そして下腹部。うぶ毛とほとんど変わらぬ淡い体毛が、泡の中でキラキラと揺らめきたつ。

私は再び跪く。外性器を軽く洗い、そして太腿から膝、そして脛《すね》まで手を滑らす。美しい脚だった。一切の無駄のない脚。折れそうなほど細く、そしてしなやかだ。

足の指の一本一本を丹念に洗う。十本全部を洗い終え、ふと上を見上げると、ずっと目を閉じていたはずの知里と目が合った。

その視線に全身を射抜かれて、私は身体中に鳥肌が立つのを感じた。身動きが取れないと思った。苦しかった。胸が押し潰され、息が止まるような苦しさだった。

そしてその苦しさが、私は気持ちいいと思った。いつまでも彼女の足元に跪いていたいと思った。


食事を終えた後、すぐに寝ることにした。私達にとって初めて迎える夜となる。

パジャマ姿の知里が姉の部屋に消えていく。その後ろ姿を見送って、私も自室に入った。照明を落として、ベッドに潜り込む。

真っ暗な夜だった。窓から差し込む明かりはない。今夜は月も出ていないようだった。

知里との二人の生活が始まる。

私は高ぶる気持ちを抑え、目を閉じようとした。しかし、目が冴えてしまって、どうしても眠れない。私の体温を吸って熱くなったシーツの上で、何度も寝返りを繰り返した。

その時、部屋のドアをノックする音がした。

「なんだい？」

声を掛けるとドアが小さく静かに開き、その隙間から知里が顔を覗かせた。

「おじさま、一緒に寝てもいいですか？」

か細い声が訴える。私は一瞬戸惑う。暗闇の中で知里の表情は窺えない。戸惑いと期待。私は決心して暗闇の中の知里に声を掛ける。

「おいで」

そう言葉にして、それから身体を少しずらしてベッドにスペースを作ってやる。するすると知里が傍らに滑り込んでくる。触れ合った手足から、ひんやりとした感触が伝わる。

「ありがとう、おじさま。おやすみなさい」

知里は私の体温の籠るベッドに安心したのか、背を向けるとすぐに小さな寝息を立て始めた。

私も心を落ち着かせようと、目を閉じた。知里が呼吸する度に、その小さな胸が上下し、布団を微かに揺らした。

それが隣に寝ている私に伝わってくる。なかなか眠ることができない。それでも私は一時間以上を掛けて、どうにか眠りについた。

微かな声が聞こえた。私は目を覚ます。傍らの知里の身体が小さく震えていた。

まったく月明かりのない晩だったが、暗闇に目が慣れてくると、僅かながら知里の姿が見えてくる。

小さな肩が震えているような気がする。押し殺した小さな声。

泣いている？　知里が泣いているのか？

通夜から告別式までまったく涙を見せなかった知里が泣いている。

知里は眠りに落ちた時と同様に背を向けていた。顔は見えない。まして、この暗闇だった。

本当に泣いているのかさえわからなかった。

私はそっと身体を寄せて見る。知里の長い髪に顔を埋める。姉と同じ匂いがした。思わず後ろからそっと抱きしめた。細く小さな身体が、すっぽりと私の腕の中に収まる。

「知里――」

私の心の入れ物から、彼女の名前がこぼれ落ちる。それが言葉となって、私の口から空気に触れる。しかし、応えはない。

昔、私がまだ高校生の頃、これと似たようなことがあった。両親が亡くなってすぐの頃だった。あの時、姉は泣いていたのか、それとも起きていたのか、とうとう最後までわからずに終わってしまった。

姉はもういない。今ではあの時のことを確かめることもできなかった。そう、あの時確かめることをしなかったから、私は姉に対して自分の思いを伝えることができなかったのだ。

今思えば、あの時確かに姉は起きていたのだと思う。それどころか、ずっと私の恋心に気がついていたのかもしれなかった。私はそれを確かめる機会を、その後永遠に失ってしまった。

知里を抱きしめた腕に力を込める。もう後悔はしたくなかった。自分の思いをまっすぐに貫きたかった。今、姉が私の腕の中にいる。

ゆっくりと知里の身体を仰向ける。途中から知里は自分の意思で身体を私の方に向けた。顔を見る。泣いていた。確かに知里は泣いていたのだ。

「私を守って」

小さな声で確かにそう言った。あまりに小さな声だったので、本当に知里の声だったのか、それとも私の心に響いた姉の声だったのか、錯覚を起こしそうになる。

そっと知里に口づけた。躊躇いがちに、知里がそれに応える。知里の可憐な唇が開き、その奥の小さな舌が私の舌を迎え入れる。

柔らかな唇の感触。小さな歯。そして蕩けるような舌。すべてが私を求めてくる。知里の吐く息が私に注ぎ込まれ、そして私の吐く息を知里が飲み込む。唇を合わせただけで、私達は自分達の運命のすべてを理解した。

その瞬間、私は暴走した。

狂ったように知里の唇を、そして舌を吸い続けた。知里もそれに応える。激しく唾液が混ざり合う音が部屋中に響く。二人の舌が一つになったような錯覚に陥る。

気がつくと、二人とも裸になっていた。

私の猛《たけ》った性器は、彼女の小さな手のひらに包まれていた。あの時と同じだ。ひんやりとした指が絡みつく。無意識に叫び声をあげる。

私は知里の小さな乳首を吸った。唇で啄《ついば》み、舌で転がし、唾液を塗りつける。陥没した桜色の乳首が硬く尖って立ち上がってくる。軽く歯を当てると、知里が身体を小さく震わせながら啜り泣いた。

小鳥の囀りのような喘ぎ声。甘い匂いがするような声だった。

その声を聞いていると、自分のしている行為の罪深さに押し潰されそうになった。姉の忘れ形見。十三歳の少女。両親を失ったばかりの彼女が頼れるのは、世界でたった一人、私だけなはずだった。

それなのに、私は彼女のその不幸な境遇に付け入ろうとしている。自分は悪魔だと思った。たとえ私が彼女を愛していたとしても、決して許される行為ではない。まして私が愛しているのは、彼女ではなく、彼女の死んだ母親――私の姉なのだ。

私は知里にあまりにも酷いことをしようとしている。彼女に私を拒絶するという選択肢はないはずだった。世界で唯一の庇護者であるのは、私なのだから。

彼女の性器に手を伸ばす。左手の中指を薄い裂け目に合わせて忍び込ませる。

驚いた。信じられなかった。

私の指先は火傷しそうなほど熱い潤みの中に滑り込んだのだ。私の指に押し出されて、大量の体液が溢れ出る。少女に似合わぬ成熟した性の匂いが立ち込める。

私は身勝手にもそれを免罪符に、知里の性に立ち入っていく。

まだ硬い包皮に守られた小さなクリトリスを探し当てる。軽く触れるだけで、彼女の身体が激しく仰け反る。声が漏れる。

クリトリスをそっと剝き出し、空気に触れさせただけで、握られた私のペニスが千切れそうなほど、彼女の身体に力が入った。

円を描くように指を動かす。彼女の啜り泣きが、太く力強いものになった。もはや開かれた唇が閉じることはない。

さらに指を動かした。

「もう……だめ」

「苦しいの？」

知里がきつく目を閉じたまま、首を小さく横に振る。

「違います。恥ずかしい……」

こんな少女を苦しめている。私は人間の屑《くず》だ。いや、悪魔だ。きっと、地獄に堕ちる。それでも私の指は彼女の性器を責め続けた。

ガクンと彼女の頭が落ちた。

「くっっっ！　はぁぁっ！」

掠れた小さな声で、知里が叫ぶ。私の肩口に唇を寄せたまま、細いその肉体が痙攣を始めた。上に覆いかぶさった私が跳ね飛ばされるほど、彼女の身体が激しく仰け反る。

乱れた呼吸。小さな唇からため息のような喘ぎ声がこぼれる。

いったのだ。

知里は身体を痙攣させながらも、私のペニスを握って離さなかった。私の興奮も最高潮に達する。理性が崩壊していく。

小さな彼女の身体に、私は自分の体重を掛けていく。欲望という悪魔に魅入られた私の理性が、たった今敗北したのを感じる。自分の欲望を投げやりな思いで受け止める。もはや抵抗できない自分がいた。

知里の細くて長い指が絡んだまま、私は熱く限界まで漲ったペニスを、彼女の潤いに満ちた性器に押し当てる。先端が柔らかな性器に包まれた。

知里の身体がピクンと反応する。

愛する姉の忘れ形見の美少女。ずっとずっと密かに慕い続けてきた姉の分身。手の届かぬまま亡くなってしまった愛する姉の娘。その少女を私のものにする。

狂ってもいいと思った。悪魔にも、獣にも、なろうと思った。もう自分を止めることはできなかった。

「待ってください」

腰を沈めようとした瞬間、知里が言った。しっかりとその手に私のペニスが握られている。私のペニスは彼女の性器の手前でそれ以上の侵入を遮られ、押し止められた。

下から見上げる知里と目が合う。力強い視線。意志を持った視線。見下ろした私の視界の端に、彼女が赤い小さな舌で、唇の周りを舐めたのが見えた。一瞬、私の身体を恐怖感が貫いた。

「今はだめです。まだ、待ってください。ちゃんと覚悟はできていますから」

「覚悟？」

「はい。だって私はずっとこうなるのを待っていたんですから」

「待っていた？　なぜ？　どういうことなんだい？」

「おじさまはママのことが好きだったんでしょう？」

「ど、どうして、そのことを……」

私は動揺して、身体の力を抜いてしまった。彼女の性器に入りかけていたペニスが、するりと抜けてしまう。

「ママの日記を見たの。もちろんママに内緒でよ。そこにはおじさまとママが二人で暮らしていた頃のことが書いてあった」

「な、なんて書いてあったの？」

「それは言えないわ。ママの秘密だもの」

ペロリと小さな舌を出して、知里が笑った。ゾクッとするくらい大人の色気に溢れている。

「姉さんの秘密……」

「そう、ママの秘密。おじさま、知りたい？」

「ああ、知りたい」

「どうしようかなぁ」

知里がそう言って、笑顔のまま小首を傾げた。裸の十三歳の少女が身体を捩じらせて嬌態を見せる。その色香に神経が痺れていく。

「お、お願いだ。教えてくれ」

「ママが一生で一番愛した人、おじさまだって書いてあったわ」

「俺が、一番愛した人」

「そうよ、パパでも他の人でもなく、実の弟であるおじさまが、ママが一生で一番愛した男性だったのよ」

「ほ、本当なのか」

「嘘じゃないわ。私、ママの日記を何回も読んだもの。そこにはおじさまのことがいっぱい書いてあったわ。ほとんど全部がおじさまのこと。おじさまが小さな時のことから、高校時代に二人で暮らした時のことまで。ママがどんなにおじさまのことを愛していたか、詳しく記されていた。そして、それを毎日のように盗み読みしているうちに、私もおじさまに恋をするようになった」

「俺に、恋を？」

「そうよ。女の子が毎日あれほど激しい恋の物語を読まされていれば、その相手の男性に恋をしたとしても、決して不思議じゃないでしょ？　ママと同じ気持ちに、私もなっていったのよ」

「激しい恋？　姉さんが俺にそんな激しい恋をしてたのか？　いったいどんなことが書いてあったんだ。お願いだ。教えてくれ！」

私は知里の細い肩を摑むと、激しく揺すっていた。

「おじさま、そんなに強くされたら、痛いわ」

「ご、ごめん」

私は慌ててその手を離す。

「いいのよ。私はおじさまのことが大好きなのだから。ニューヨークでも毎日おじさまの写真を見ながら、ずっと会える日を楽しみにしていたの。パパが再び日本に転勤が決まったことを知った時、私がどんなにうれしかったかわかる？　私はいつかおじさまの恋人になるんだって、ずっと決めていたのよ」

知里がそう言って、私のペニスに絡ませた指に、再び力を込めた。顔も身体も子供にしか見えなかったはずなのに、暗闇の中で微笑んだその顔には、まるで娼婦のような妖艶さが滲み出ていた。

気がつくと、二人の身体が入れ替わっていた。ベッドに仰向けに寝た私の上に、知里の細い身体が乗っていた。

知里の視線が私を捉える。まるで狩人に毒矢を打ち込まれた獣のように、肉体が痺れ、身動きできなくなった。

見上げた視線の先に、知里の赤い小さな舌が見える。ゆっくりと円を描くように、唇の上を舐めていく。唇が艶やかに輝いていく。ペニスが熱くなった。

「私はおじさまのもの。私の心も、そしてこの身体も、みんなおじさまのものよ。おじさまの為だったら、なんだってしてあげるわ。私の大好きなおじさま。そして、ママの愛したおじさま。でも、もう少しだけ待ってね。今はこれで我慢してください」

知里が下に身体をずらしていく。私は目を閉じた。瞼の裏側に、さっきの唇を舐めている赤い舌の残像が広がる。

ペニスが温かな潤いに包まれた。ねっとりした快楽に飲み込まれる。ペニスが搦め捕られていく。私は知里の艶やかな黒髪に指を絡ませて悶えた。

「あうううううっ」

全身を硬直させながら、たまらずにうめき声をあげた。いまだかつて経験したことがないほどの快楽の嵐に翻弄される。

十三歳の少女が知りうる行為の限界を超えていた。次々に湧き起こる疑問。

しかし次の瞬間、それらのすべてを一瞬にして、快楽の波が押し流していった。私は全身を激しく硬直させながら、大量の精液を射精した。

知里の喉がゆっくりと鳴る音が、遠くなった意識の中で聞こえた。

12

ガンガン。何かを叩く音で眼を覚ました。心地好いまどろみから強引に引きずり出されたような感覚に、不快感が広がっていく。傍らでは知里がまだ小さな寝息を立てていた。

ガンガン。夢の中の音かと思っていたら、実際に大きな音が寝室にまで響いてきた。どうやら誰かが玄関のドアを激しく叩いているようだった。インターフォンではなく、玄関の扉を叩いている。

ガンガン。音は止まない。枕元の時計に目をやる。透明のガラス板にデジタルで液晶の数字が浮かび上がっている小さな置時計。まだ五時前だった。

知里を起こさないように、静かにベッドを抜け出す。玄関に向かった。

「誰ですか、こんな時間に？」

私は不愉快さを押し隠さず、尖った声をドアの外に投げた。すぐにそれに返答がある。

「あたしよ、開けなさいよ！」

予想していた通りの相手の声に、実際かなりうんざりとする。由美子だった。

「酔ってるのか。君らしくないな」

「父親にさえ殴られたことないのよ。そんな酷いふられ方して男の部屋を叩き出されたんだから、酔っ払ってでもいなきゃ、こうして戻ってこられるわけないでしょ。だいたい、あたしらしくないって、どういうことよ！　どんなのがあたしらしいあたしなのよ。十三歳の小娘に愛する恋人を奪われたのよ。それでも取り乱しちゃいけないって言うの！」

「大声を出すのは止めろよ。近所迷惑だろう」

「何年も付き合ってきた恋人が泣いているのよ。あなたはあたしのことなんかより、近所の目を気にするのね」

ズルズルと、由美子がドアの向こうで泣き崩れる音がした。ガンガンとドアを拳で叩きながら泣き喚き続けている。

何年も付き合ってきた恋人ではない。もはや元恋人だ。

鬱陶《うっとう》しさに心底うんざりする。このままでは知里が目を覚ましてしまう。仕方なく鍵を開けた。ドアの向こう側に座り込んでいる由美子を押し退けるようにして、力ずくでドアを開ける。

十数センチ開いた隙間から、彼女の脚が見えた。伝線した黒いストッキング。ヒールの高いパンプスは、片方が脱げて裸足になっていた。つま先が汚れている。どこかで脱げてしまったまま歩いてきたのだろう。ここまで泥酔した由美子の姿は初めて見た。

向かいのマンションの先端から、朝日が差し込んでくる。やっと陽が昇ったようだ。近くで新聞配達のバイクの音がする。

隙間から私は外へ出た。由美子を部屋の中に入れるわけにはいかない。ドアの前の通路に座り込んでいる由美子を見下ろす。

かなり酒臭かった。饐《す》えたアルコールの臭いが、彼女が荒い呼吸を繰り返す度に、朝の空気を汚していく。どこかで吐いてきたのか、乾いた嘔吐物がスカートの裾に僅かだがこびりついていた。

あれほど完璧で美しかった女を一夜にしてここまで落としてしまった自分の罪の深さに、改めて心を苛《さいな》まれる。それでももはや後戻りはできない。

彼女に対して、すでに愛情は一かけらも感じられなかった。私は自分の心変わりに驚く。結婚まで意識していたということが、今では不思議な感じさえする。

その時、隣の部屋のドアが開いた。若い男が顔を出す。時折エレベーターで顔を合わせる程度で、挨拶さえろくにしたことがない隣人だった。

私大の医学部を狙って三浪している予備校生だと、マンションの管理人に聞いたことを思い出す。田舎の開業医の息子で、親の脛を齧《かじ》りながら都内の予備校に通っているらしかった。

すれ違い様に挨拶をしても、ろくに返事もしないような根暗で無愛想な男だった。落ち窪んだ目がギョロギョロとした青白いニキビ面だけが記憶に残っている。

「何か、あったんですか？」

陰鬱で無表情なまま、男が声を掛けてきた。上下グレーのスエット姿。髪はボサボサで目ヤニの溜まった顔には、無精髭《ぶしょうひげ》が広がっている。

「い、いや。何でもないです。彼女がちょっと酔っ払ってしまって――」

仕方なく、私は男に対して言い訳をした。

「あら、彼女じゃないわよ。元カノよ、元カノ。それも十三歳の小娘に色目を使うような変態男にふられた、惨《みじ》めでかわいそうな元カノよ」

「やめないか！」

私は由美子の言葉を遮る。

「あら？　まさかとは思ったけど、どうやら図星みたいね。面倒見るなんてかっこいいこと言って、ほんとはあの美少女を狙ってるんでしょ」

「ほんとにいい加減にしろ！」

「あたしに怒鳴らないでよ！　もうあたしはあなたの彼女でもなんでもないんだから。偉そうな口利かないで！　何をムキになってるの。まさか、もうさっそく手を出したんじゃないでしょうね」

「や、やめろ！」

思わず由美子の頬を平手で殴っていた。パシーンと派手な音がマンションの通路に響く。次の瞬間、わあっと由美子が大声をあげて泣き出した。男が興味ありげにずっと見ている。私は由美子の腕を取って無理矢理立たせると、そのままエレベーターホールまで引きずっていく。ボタンを押してエレベーターのドアが開くと、嫌がる由美子を突き飛ばすようにして、強引に中に押し込んだ。

「表通りに出ればすぐにタクシーが拾える。とにかく今日はもう帰れ。いいな」

ドアが閉まる直前、由美子と目が合う。恨めしげな目が私を追っていた。エレベーターは一階に降りていった。そのまま上がってくる様子はなかった。さすがに今日のところは帰ったようだ。

私はそのまま部屋へと戻る。隣のドアから首を出したまま覗いている男を睨みつけた。男が慌てて首を引っ込める。ドアが派手な音を立てて閉まった。

私も自分の部屋のドアを開けると、玄関のところに知里が不安そうな顔で立っていた。

「目が覚めてしまったのかい？」

「由美子さんが来たんですね」

つぶらな瞳が潤んでいる。細い肩が微かに震えていた。私は知里を優しく抱きしめてやる。

「知里は何も心配することはないんだよ」

「でも……」

「いいんだ。それに、もう終わったことだから。それよりまだ早い時間だよ。もう少し寝た方がいいんじゃないかい？」

「はい、おじさま。そうします」

そう言うと、くるりと踵《きびす》を返してベッドルームへと向かった。私はその可憐な後ろ姿を見送る。昨夜の官能的な行為が、まるで夢のように感じられた。

朝日の中の少女は、まったくの別人にしか見えなかった。

13

夕方、リビングルームでテレビを観ていた。陽は西に傾き、差し込む陽光によって、室内は柔らかなオレンジ色に包まれていた。白いレースのカーテンが、炎で燃え上がっているように見える。

インターフォンが鳴った。平日の夕方。普段なら訪ねてくる者などいない。

「どちらさまですか？」

「隣に住んでる樫村です。今朝は色々と大変でしたね」

「早朝からお騒がせしてすみませんでした」

「ちょっといいですか？」

苦情だろうか。神経質そうな青白いニキビ面を思い出す。明け方から酔っ払った由美子がマンションの廊下で大騒ぎをしたのだ。苦情を言われても仕方がない。

「はい、今開けます」

仕方なく私は玄関に行って、ドアのロックを外す。

「どうも、初めまして。隣に住んでいる樫村です。こんにちは」

「こちらこそ初めまして。お隣さんなのに、ちゃんとお会いするのは初めてですね」

「僕はあんまり外には出ませんからね。受験勉強の為にここを借りてるんですよ。ほら、ここは駅からもちょっと離れてて、けっこう静かでしょ。だから勉強に集中するにはいいんですよ。ほんと静かで何にもないとこだから」

やっぱり今朝の件で嫌味を言いに来たのだ。おたくっぽい上目遣いの視線は卑屈な感じで、はっきりと文句などは言ってこないが、それでもこうやってわざわざやって来るのだから、おそらく遠回しに苦情を言いたいのだろう。

「それはどうも、早朝からお騒がせしました」

「いや、そんなことは別にいいんですよ。全然気にしてませんから。ええ、ほんとに気にしてなんかいません。そんなことより、きれいな女性でしたね。あんな美人を彼女にできるなんて、ほんとに羨《うらや》ましい」

「い、いや別にもうそんなんでは……」

「えっ、あんなセクシーな美女とほんとに別れちゃったんですか？　それはもったいない。僕なら絶対に離さないけどなぁ。あのゾクッとするような泣き顔といい、酔っ払って乱れた服から覗いた豊かな胸や官能的な太腿といい、どんな高級ソープのナンバーワンだって、敵《かな》わないくらいなのになぁ。イヒヒッ。ほんともったいないなぁ」

「ちょっと、失礼じゃないか」

それにはさすがに私もムッとして、樫村を睨みつけた。それに慌てたのか、もともと短い首をさらに竦めるようにして後ずさる。それでも開いたドアの隙間から部屋の中を覗き込むように、頭はドアの中に残したままだ。

「い、いや。そんなつもりじゃなくて……」

「早朝から騒ぎを起こしてご迷惑をかけたことはお詫びします。今後はそういうことがないようにしますから」

「別にそんなこと気にしないでください。僕の方もほんとに全然気にしてませんから。どうせ昼夜逆転の生活なんですから」

だったら何をしに来たのだろうか。樫村のしゃべり方に、私は少しイライラしてくる。

「実家が山形なんですけど、さくらんぼをいっぱい送ってきたんですよ。僕一人じゃ食べ切れないから、少しお裾分けをと思いまして」

樫村が後ろにしていた手を前に回す。その手には赤く熟したたくさんのさくらんぼの実が盛られた小ぶりの竹籠が握られていた。

「どうも、お気遣いありがとうございます」

今まで一面識もなかったのに、今朝の出来事があってから、いきなりこんなお裾分けをもらっても、なんだか薄気味が悪い。

「うちの実家は地元じゃけっこう大きな病院なんですよ。お金があるせいか、やることが何でも大げさで困ります。予備校に通うって言うと、すぐにこんな広いマンションを買っちゃうし、さくらんぼが食べたいって言えば、ダンボールに山ほど送ってくる。だから遠慮せずにどうぞ食べてくださいよ」

こんな男からもらったものを食べる気にはなれそうもなかったが、樫村は勝手にさくらんぼの竹籠を私の手に押しつけてきた。仕方なくそれを受け取る。

「それじゃ、遠慮なく」

「妹さんですか？　さくらんぼ好きだといいな」

「妹？」

「ええ、ほら、今朝のあの美人の女性が、女の子がどうのって言ってたじゃないですか？　あれって、妹さんなんでしょ？　あれ、それとも娘さんなのかなぁ？」

樫村が嫌らしげな微笑を浮かべて、部屋の中を覗き込もうとしている。その顔を見ているだけで不愉快になってくる。私は樫村の身体を玄関の外に押し返すようにして、ドアを閉めようとした。

「とにかく、このさくらんぼはいただいておきます。ありがとうございました」

閉まるドアの隙間に、最後まで樫村の薄気味悪い笑顔が覗いていた。

私はドアを閉めると、すぐに鍵を掛けた。ガチャリと大きな音がしたので、樫村にもそれは聞こえたはずだ。

そのままキッチンに向かうと、ゴミ箱の蓋《ふた》を開け、もらったばかりのさくらんぼをそのまま中に放り込んだ。

その様子を知里が見ていた。

竹籠が邪魔をしているのか、ゴミ箱の蓋がきちんと閉まらない。さくらんぼの艶やかな赤みが覗いている。

知里がそれをじっと見ていた。

「さくらんぼなら、いつでも好きなだけ買ってあげるよ」

私は所在無げに視線を泳がせながら、言い訳をする。知里が私を見る。その視線を避けるように、私はリビングのソファに深々と腰を下ろす。柔らかいソファに身体が沈み込む。

気がつくと、知里が傍に来ていた。

「おじさま、一緒に座ってもいい？」

私は知里に視線を合わせられないままに、黙って頷く。

甘い匂いがした。柔らかな香り。一瞬、姉を思い出す。姉の香りだった。そんな馬鹿なことがあるはずがないと思いながらも、たちまち姉の記憶が蘇る。

知里が私の隣に座る。二人は静かに視線を絡ませる。知里が私に凭れ掛かる。輝くような黒髪の頭が、私の肩にちょこんと乗る。

胸元の大きく開いた淡いブルーのキャミソールがよじれて、さらに深く肌が覗けた。ブラジャーをつけていない白い小さな胸の膨らみ。その頂の桜色の小さな二つの乳首が見えた。

目が離せなかった。雪のように純白な肌。谷間とは言えない程度ながら、二つの小さな乳房の間には、緩やかな肉体の波が立っていた。そして、その柔肌《やわはだ》に陥没した乳首。どれくらいの間、私は知里の胸元を覗き込んでいたのだろうか。ふと、彼女の視線に気づいて、慌てて目をそらす。気まずさに言葉を失う。

しかし、知里は何も言わない。それどころか、ますます深くその柔らかな身体を私に預けてくる。

そして知里の小さな手が、私の手の上に重ねられた。私は目を閉じ、知里の温もりを感じながら、姉のことを思い出した。

＊

その日は朝から仕事で出掛けた。翻訳の仕事の打ち合わせで、出版社に行ってきた。帰りがけに新宿のデパートで知里の服と食料品等を買い込む。

知里に何かプレゼントをしたいと思った。私の抱く彼女のイメージのままに、純白のサマードレスを買い込む。スリップドレス型のミニ丈が愛らしい。喜んでくれるだろうか。

買い物に少し手間取ったせいもあって、その日、帰宅したのは夕方を少し過ぎていた。

マンションのエレベーターで十二階まで上がる。早く知里に会いたいと思うと、乗り慣れたエレベーターのスピードさえ、やけに遅く感じた。

早くドレスを着せてあげたいと思った。知里の絹のように滑らかな白い肌を、純白のドレスが滑り落ちていく姿を想像して胸が高鳴る。

エレベーターを降り、部屋のドアの前に立つ。鍵を開けようとキーを鍵穴に差し込んだ瞬間、違和感に気づく。

鍵が開いていた。あれほど戸締りをするように言っておいたのに。胸騒ぎを感じた。

ドアを開ける。その瞬間、中から男が飛び出してきた。

「あっ、ど、どうも」

隣の部屋の樫村だった。私の顔を見て、慌てた様子で擦れ違おうとする。

「うちになんの用なんだ？」

「い、いえ。別にたいした用じゃ……」

シャツの裾が片方だけズボンからはみ出している。額に汗が流れ、髪が乱れていた。

「おい！　用がないわけはないだろう」

「ちょっと暇だったんで、姪御《めいご》さんの話し相手になってただけですよ。お亡くなりになったお姉さんの娘さんだそうですね。とても美しいお嬢さんだ」

「な、なんでそんなことを知ってる？」

「ちょっとお話ししただけですよ。姪御さんが教えてくれたんです」

私は怒りに任せて男の襟首《えりくび》を掴む。

「おい、私の留守中に勝手にうちに上がり込むんじゃない。いいか、二度と来るなよ。わかったか！　今度来たら、ただじゃおかないぞ！」

「く、苦しい……離して……離してください。わかりました。わかりましたから、もう来ませんから」

樫村は玄関から転がるようにして出て行った。逃げるような後ろ姿だった。すぐに隣の部屋のドアが閉まる音がした。

「知里！」

私は部屋の奥に駆け込んだ。知里の姿を探す。リビングルームの床の上に、ペタリという感じで、彼女は座り込んでいた。サラサラの黒髪が僅かに解《ほつ》れ、頬に張りついている。

「知里、だいじょうぶか？」

「おじさま、どうかしたの怖い顔をして？」

「さっきの男におかしなことをされなかったかい？」

「おかしなこと？」

「ああ、そうだ。何か嫌なことはされなかったかい？」

知里が私に向かって、にっこりと微笑む。大きな瞳に吸い込まれそうになる。

「おじさま、心配なさらなくてもだいじょうぶよ。知里は何もされてないわ。あの人とはただお話をしていただけ」

「話？」

「そうよ。お話よ。退屈だろうって、私とお話をしてくれただけよ」

「そうか。話をしていたのか」

「ええ、そうよ。おじさまったら、とっても怖い顔をしてるわ。私はお話をしていただけなのに。おかしなおじさま」

知里が小さな声をあげ、クスクスと笑う。華奢な身体が揺れる。私は胸が苦しくなってきた。

「いいかい、知里。知らない人を家に上げたりしちゃだめじゃないか」

「あら、樫村さんはお隣さんでしょ？　知らない人じゃないわ」

「お隣さんでも、だめなものはだめだ。私以外の人はみんな知里にとって知らない人も同然なんだ。だから二度とこんなことをしちゃいけないよ」

「はい、おじさま。知里、言う通りにするわ」

知里が微笑む。天使のような微笑。柔らかな光が彼女を周りから包み込む。私は彼女の髪を指で梳きながら、その身体を抱きしめようとした。

その時、彼女のシャツのボタンが三つ目まで外れていることに気がついたが、そのことをどうしても言い出すことはできなかった。

その代わりに力いっぱい、知里の身体を抱きしめた。彼女の柔らかな身体から甘い香りがこぼれる。知里の小さな手が、私の背中をいつまでもさすってくれていた。


その夜、私達がベッドに入ろうとした時、私の携帯が鳴った。着信相手を見ると由美子だった。私は無視して、電源を切ろうとした。

「無視しないで、電話くらい出なさいよ！」

玄関ドアの外から、由美子の声が響いた。すぐ向こう側の廊下にいるようだった。仕方なく、私は携帯電話に出る。

「また来たのか？」

「ずいぶんな言い草ね。それがこの間まで恋人だった女に言う言葉なの？」

「君がこんなストーカーみたいな真似さえしないでくれれば、お互いいい思い出にできたかもしれないのに」

「二度もあたしのことを殴っておいて、よくもそんなことが言えたわね。何が良い思い出よ」

「それは君にも責任があるだろう」

「ひどいのはあなたよ」

「それはわかっている。でも、もう終わったことだ」

「何が終わったことよ！　勝手なこと言わないでよ！」

「大きな声を出すな。近所迷惑だ」

「だったらドアを開けてよ。もう一度、話し合いたいの」

「もう話し合っても無駄だよ。由美子、もうやめよう」

「何よそれ！　あたし、そんなの認めないわよ！」

隣の部屋のドアが開く音がした。電話の向こうであの男の声がする。由美子が男と何かを話している。しばらくやり取りが続いていたようだが、由美子が携帯を手で塞いでいるのか、よく聞き取れない。

「由美子、何を話しているんだ？」

「あたし、今からお隣さんの部屋に行くわ」

「何を言ってるんだ」

「樫村さんっていうんでしょう？　あなたがこのドアを開けて中に入れてくれるまで、お隣の部屋で待たせてもらうことにする。この人があたしのこと、慰めてくれるそうよ」

「よせ！　やめろ！」

「だったら開けてよ」

「そ、それは……」

「じゃあ行くわ。携帯はずっと切らずにこのままにしておくから。私に何が起きているか、ちゃんと聞いていてね」

「お前、自分が何をしようとしているかわかってるのか？」

「もう何がなんだかわかんないの。でもいいのよ。どうせ、あたしのことなんか、どうなってもいいんでしょ」

そのまま由美子が隣の男の部屋に入っていく音がする。

ドアの閉まる音。由美子のバッグが床に放り投げられる音。そして、微かな衣擦れの音。

荒い呼吸。激しく揉み合う音。

「ああっ」

聞き慣れた由美子の喘ぎ声。しかし、携帯電話を通して聞くと、なんだか別人のものに聞こえる。

「よせ、由美子」

「隆、聞いてる？　私のブラウスのボタン、全部外されちゃったのよ。あん、ブラのホックも外されたわ」

「由美子、そんなことをしても、何も元には戻らないんだぞ」

「はうっ、スカートが床に落ちたわ。もうショーツ一枚だけよ。覚えてる？　隆が去年のクリスマスにプレゼントしてくれた黒いレースのＴバックよ。あんっ、今それも下ろされてる」

「本当に終わりなんだぞ」

「隆、そんな言い方ずるいよ。だったらここに助けに来てよ。樫村さんの部屋、鍵は掛かってないのよ。隣の部屋なんだもの、今すぐ助けに来てよ！」

「…………」

「意気地なし！　いいわよ、だったらどうなってもほんとに知らないからね。あたしが今何してるかわかる？　跪いているのよ。ああ、すごい、大きくなってる。今からお口でするわ。

あたしのフェラチオがどんなに上手だったか、隆ならわかるわよね。きっと樫村さんは、すぐに我慢できなくなっちゃうわよ。いいのね？　ほんとにするわよ」

しばらくして、ピチャピチャと淫らな音が受話器から響き始める。携帯を手にしたまま、由美子が男の性器に口で愛撫を与えているのが目に見えるようだった。

かつては私だけに与えられたその刺激的な愛撫が、今は隣の浪人生のペニスに施されているのだ。男のうめき声も聞こえてくる。

ピチャピチャピチャと唾液の鳴る音が、やがてその速度を上げてくる。男のうめき声も大きくなる。もう私は何も言わなかった。目を閉じ、黙って携帯電話を耳に当てていた。電話の向こうで二人の動く音がする。

「髪を摑まれて、床に押し倒されたわ。四つんばいになれって命令された。ああっ、恥ずかしい。こんなに高くお尻を突き上げて。きっとあたしの恥ずかしいところが丸見えよ。あんっ。お尻を摑まれた。どうしよう、隆。アレが当たったわ。隆、助けてよ。あたし、犯されちゃうよ。ああんっ。隆、助けてよ。あうっ。入ってくる。ああっ、入ってくるわ。すごい。熱くて、太くて、硬いのが、私の中にゆっくり入ってくる。ああんっ、すごい。半分くらい入った。この人のすごく大きい。もう、奥に当たってる。あうううう。どうしよう。まだまだ入ってくる。苦しいわ。子宮が押し上げられる。もう限界。ああん。でもまだ入ってくる。

あううう っ。すごい。全部入ったわ。ああっ。動き始めた。すごい。激しく動いてる。後ろから激しく突かれて、あたしの奥の方まで、ガンガン突っ込んでくる。ひいいいいいいっ」

そこから先は人間の言葉などではなく、獣の叫び声だった。聞くも堪《た》えないような淫らな言葉と、まったく意味を成さないような叫び声とが溶け合い混ざり合う。

ギシギシと床が激しく鳴る音がする。パンパンと肉と肉のぶつかり合う音もする。そして、由美子の泣き声と喘ぎ声。男のうめき声が重なる。

心はどんどん遠くに離れていくのに、肉体は電話の向こうの様子に全神経を尖らせて集中しようとしてしまう。

激しい勢いで、ペニスに血が流れ込むのがわかる。興奮に身体が熱くなる。由美子の声のひとつひとつに、私のペニスが反応して痙攣を繰り返す。

由美子と愛し合っていた頃の興奮が蘇る。いや、むしろそれ以上の熱情を持って、ペニスが反り返るのを止めようがなかった。

「あああっ。隆、すごいよぉ。あんっ。隆じゃない男に入れられて、こんなに感じるなんて、あたしもうだめだね。あたし達、ほんとにもうだめなんだね。ううっ。もうだめなんだね。だめなのに、こんなに苦しいのに、感じるの。すごい感じるの。どうしよう。隆、あたしどうしたらいいの？　隆、お願い。たすけてよぉ。ああっ、いやっ。お願い！　もうちょっとで……もうちょっとで、きそうなの！　はあぁんっ。もうだめ！　来るわ。いくっ。いくぅ」

聞き慣れた由美子の叫び声。いつもの絶頂を迎える時の声だ。それを電話を通して聞くことになろうとは。

由美子の断末魔の声に被さるように、男の咆哮が響く。おそらく男も由美子の中に射精したのだろう。

ガツンと大きな音が耳を突く。どうやら絶頂感に痙攣した由美子が、携帯電話を落としたようだった。遠くで荒い呼吸が微かに聞こえる。

私はそのまま携帯電話の電源を切った。ズボンの中では噴出した熱い精液が、下着を濡らしてしまっていた。それが由美子によって射精した最後になった。

14

それから数日間、由美子からは何の連絡もなかった。さすがにあれだけのことをしたわけだから、もう私に合わす顔もないのだろう。私とのことは諦めたのかと思い始めた頃だった。

その日は朝からずっと書斎に籠って仕事をしていた。机に向かって原稿を書いていた。思いのほか捗《はかど》ったので、一歩も部屋から出ずに仕事に集中する。

午後になって、知里がドアをノックした。

「どうしたんだい？」

「おじさま、由美子さんからお電話です」

「なんだ、携帯を切っておいたら、家の電話に掛けてきたか。いないと言ってくれ」

「それが、なんだか様子が変なの。お願い出てあげて」

不安げな知里の顔を見て、仕方なく私はコードレスの受話器を受け取る。保留を解除した。

「もしもし、由美子か？」

「あらぁ、隆？　よかったぁ、やっとぉ、お話しできたわねぇ」

呂律《ろれつ》の回らない口調で、ゆっくりと一語一語吐き出すような由美子の声。

「また酔っ払ってるのか？　今日は平日だろう。会社はどうしたんだ？」

「隆のおうちにぃ、何回も、何回も掛けたのにぃ。やっとぉ、出てくれたんだぁ」

「何を言ってる。今日はこれが最初の電話だろう。ちゃんと出たじゃないか。そんなに訳がわからなくなるまで酔っ払って、会社は休んだのか？」

「会社ぁ？　もう、関係ないわよぉ。それに、お酒じゃないのぉ。昼からずっと電話したんだよぉ。でも、だめだった」

由美子の様子がおかしいことに気づく。私の背中を冷たい汗が流れた。

「由美子、おい！」

「お薬飲んじゃったぁ。いっぱい、いっぱい。睡眠薬よぉ。それでね、包丁でね、手首を切ったんだよ。隆、血がいっぱい出てるよ」

「なんだって！　なんでそんな馬鹿なことをしたんだ！　由美子、おい！　しっかりしろ！　いつ切ったんだ？」

「だから、お昼頃だよ」

机の上の時計に目をやる。すでに三時を過ぎていた。私は受話器をそのままにして、携帯電話で１１９番を掛ける。焦っていたので、指が震えた。

由美子のマンションの住所を言って、状況を告げる。気がつくと、自分が叫んでいたことに気づく。救急車の手配が済んでから、私はひたすら受話器の向こうの由美子に話し掛けた。

「由美子、寝るんじゃないぞ。いいか、意識をしっかりと持て！　切った手首を止血するんだ！　わかるか？　止血だ。血を止めるんだ！」

「隆、あたしのこと、心配してくれるんだぁ。ありがと。うれしいよぉ。でも、もうお別れだね。さよなら、隆」

「由美子！　おい、由美子！　寝るな。返事をしろ！　由美子ぉぉぉぉ！」

由美子の葬儀の間、彼女の両親は一度も私に話し掛けてこなかった。葬儀が終わって帰宅する途中も、父親の憎悪に満ちた視線と母親の喪失感に沈んだ横顔が、ずっと脳裏を離れなかった。

由美子の葬儀が終わると、私はすぐに家路を急いだ。一人で待っている知里が心配だったからだ。

マンションの前まで来て、騒然とした周囲の様子に驚く。救急車と数台のパトカーが、マンションの入り口を遮るように止まっていた。

中に入ろうとして、制服を着た警察官に止められる。いかにも新米という感じの若い警察官が蒼白な面持ちで私の行く手を遮った。

「中へは入れません」

「私はここの住人です。いったい何があったんですか？」

「住人が飛び降りたんです」

「ど、どこの部屋ですか？」

それには答えず、警察官は黒い手帳を取り出すと、逆に私に質問をしてくる。

「あなたは何号室にお住まいで？」

「十二階の二号室です」

「それじゃあ、あなたの隣の方ですよ。予備校生が住んでいたでしょう？　お知り合いでしたか？」

「い、いや。挨拶する程度の関係です」

「そうですか。お名前は？」

「早瀬です。中に入れてください。家族が部屋で待っているんです」

「ああ、とりあえず入ってかまいませんが、後で刑事がお話を伺いに行くかもしれませんので、準備だけはしておいてください」

「わかりました」

入り口に張り巡らされたテープを潜り抜け、マンションのエントランスに入る。顔見知りの管理人が、私を見つけて寄ってくる。

「早瀬さん、お隣さんが飛び降り自殺したんですよ。いやぁ、驚いた」

「私も今聞いて、驚いたところです」

「前からちょっと怪しい感じの人でしたけど、まさか飛び降り自殺なんてするとはね」

「本当に自殺なんですか？　警察は何か言ってましたか？」

「さあ、私には何も。でもね。医大受験に何度も失敗していたし。あれ、ひき籠りって言うんでしたっけ？　最近はなんだかずっと部屋から出ないような生活してましたからね。それを私が刑事さんに言ったら、受験ノイローゼかねぇ、なんて言ってましたよ。遺書はなかったようですが、部屋に鍵が掛かっていたらしくて、私がマスターキーで開けて差し上げましたから、自殺に間違いないみたいですよ。だけどねぇ、何もうちのマンションから飛び降りなくたっていいのにねぇ。これじゃ他の部屋が借り手に困るじゃないですか」

受験ノイローゼなどでないことは、私にはわかっていた。由美子の自殺の原因が自分にあると自覚した上で、いずれ警察の調べが自らに及ぶことを悲観したに違いない。

もともと自殺を意識して悩んでいて今回の件がその引き金になったのか、それとも突発的に由美子の死に追い詰められてベランダから身を投じてしまったのか、それは私にはわからない。どちらにしても、私からすれば自業自得だと言えた。

しかし、これで由美子の自殺の原因を知っている者は、私一人だけになってしまった。私が口を噤んでしまえば、すべてのことは闇に葬られる。

それが一番良いと思われた。知里とのことで、他人から余計な詮索は受けたくなかった。

もう、私と知里の二人に関係する者は、誰もいなくなったのだ。

これからは誰からも邪魔されずに、二人だけでひっそりと生きていこう。金なら一生掛けても使いきれないほどある。私達のことを知っている人間も、誰一人としていない。二人だけの世界で生きていけるのだ。

知里と私だけの世界。社会も法律も秩序も、何もかも邪魔しない世界で、二人だけで愛し合って生きていこう。

私の愛する姉の娘、知里と二人だけで。

私は管理人に会釈をすると、エレベーターに乗り込んだ。

15

あれから三年が過ぎた。

今日は知里の誕生日だった。知里は十六歳になった。私と知里は二人だけで生きてきた。

知里は学校へも行かず、ずっとマンションに籠って生活をしていた。たまに二人で旅行をするくらいで、それ以外はこのマンションから外に出ることは、ほとんどなかった。

学校に行かない代わりに、教育は私から受けた。姉の娘だけあって、彼女の頭脳は明晰で、私が教えるすべての教科を、まるで砂が水を吸い込むように吸収していった。

私はそれまで請けていた翻訳の仕事もすべて断り、まったく仕事をしなくなった。それでも私には両親や姉が残した莫大な遺産や保険金があった。一生贅沢《ぜいたく》に遊んで暮らしても、その半分も使うことはできないだろう。

そして私は知里との甘く蕩けるような生活に、身も心も浸り続けながら、毎日を過ごすようになった。

週に一度、デリバリーで大量の食材を購入した。それをキッチンに置いた大型冷蔵庫に詰め込むと、私達はほとんど外出しないで、二人っきりで過ごす。

甘美な堕落。ゆっくりと脳が腐り、神経が融けていくような生活。生きたまま精神がホルマリン漬けになっていく。

禁断症状を恐れるジャンキーが麻薬を打ち続けるように、私はあえて知里との生活以外のすべてを忘れようとした。一日のすべてを知里一色に染めていった。

知里の為に食事を作る。

オーブンをつかってローストビーフや七面鳥を焼いたり、生きた伊勢海老や鯛を知里の目の前で捌《さば》いたりもした。毎日、腕によりを掛け、様々な食材で知里に料理を振る舞った。

知里を風呂に入れ、その美しい身体を洗う。

毎日近所の花屋から、様々な種類の薔薇の花を百本届けさせた。それをバスに浮かべ、甘く濃密な香りの中に、知里の雪のように白い身体を沈めた。その細やかな肌が傷つかないように、私の手のひらで柔らかく洗った。

知里に勉強を教える。

国語や数学などの義務教育の教科はもとより、文学や美術といった芸術にも、力を入れて知里に教えていく。知里はあらゆる学問に興味を示し、そしてそれを吸収していった。

知里と音楽を聴く。

知里とＤＶＤで映画を観る。

知里に本を読んで聞かせる。

知里と一緒にベッドで寝る。そして、知里の甘い匂いのする髪に、顔を埋める。

私の手で、世界でもっとも美しく、完成された美女を作っていくことの快楽を味わう。すべてが私の手の中にあるのだ。だから私は私のすべてをかけて、知里を完成させていく。やがて知里は私の愛した美しい姉に育つのだ。

そして、私はその対価を得る。知里のしなやかで美しい指でペニスを包み込んでもらい、その甘美な唇の熱情溢れる愛撫に、精を解放するのだ。

私は知里の為なら、どんなことも厭《いと》わなかった。知里も私の願いはそれがどんなことでも、聞き入れてくれた。

ただ一つ、知里の願いで、その貞操にだけはずっと触れずにいた。十六歳になった今日まで、知里は処女のままだった。それが知里の唯一の強い願いであったのだが、そんなことなどしなくても彼女の唇と指先は、私を快楽の深淵に泥のように沈め込んだ。

だが、それも今日までだった。

日本の法律では、女性は十六歳になると、親の許可のもとに結婚することが許される。そして知里の養育者は私だった。

もちろん私達は結婚できない。しかし、知里の中では十六歳を一つの区切りとして、私との事実上の夫婦生活を始める決意があったようだ。理由を聞いても答えなかった彼女だったが、私はそう解釈して、彼女の願いをずっと守ってきた。

「おじさま、私は十六になったわ。日本の法律では、十六歳の女の子は妻になれるのよ。約束通り、今夜からおじさまのすべての望みを叶えてあげるわ。ママの代わりに私がおじさまの妻になるの」

照明を落としたベッドルーム。サイドテーブルの上には、ハーブオイルのポットを温めるカラーキャンドルの炎が揺らめいている。その柔らかな明かりの中、知里が絹のような素肌の上で、服を滑らせていく。

アプワイザーリッシェの黒いシャーリングワンピースが床に落ちた。今日の誕生日のプレゼントとして、私が買い与えたものだった。たっぷりと寄せたシャーリングが美しいドレープを生み出している。深くV字に開いた胸元と背中が、エレガントにまるで大人の女性のごとく美しさを引き出していた。

全裸の肉体が現れる。知里は一切の下着をつけていなかった。

まだいくぶん硬さを残した乳房は、それでもたわわに実った果実のように成熟し始めていた。ツンと尖った乳首は、以前のように陥没してはいない。むしろ私の視線を意識したのか、いつもより勃起して尖って見えた。折れそうなほど細い身体には不釣合いなほどの大きな胸が、身体の中央に深い谷間を作ってみせる。

薄っすらと生えそろった陰毛が、性器の上部にほんの僅かに翳りを装っている。

この三年間で身長は一六〇センチを超えた。細く長い手脚はさらに伸び、豊かに張った乳房と括れを増した腰とはアンバランスなほどになった。

折れそうなほど細い腰に手を伸ばす。絹のように滑らかな肌が、私の指先に吸いついてくる。

「おじさま、そんなにジッと見たら恥ずかしいわ」

いくら咎められようとも、彼女の完成された肉体から、ひとときも目が離せない。瞬きする間さえ惜しい気がした。その肉体には、無駄なものは小指の先ほどさえ見当たらない。腰に置いた手をゆっくりと上げていく。滑らかな肌の上を手が滑る。豊かな乳房を掬い上げるように揉む。姉の乳房と同じ柔らかさだった。

「ああっ」

知里の唇から、微かな喘ぎがこぼれる。吐息のように掠れた声。姉と同じ声だ。

知里の手が、私の服を剝ぎ取っていく。上半身を裸にされた。知里はその場に跪く。

下着がゆっくりと脱がされる。空気に触れたペニスは、それだけで爆発しそうになる。知里の吐き出す息が、ペニスを愛撫する。

「おじさま、どうして欲しい？」

跪いた知里が上目遣いに見上げる。

泣きそうな笑顔。

その視線に射竦められて、全身に鳥肌が広がる。出会った時から言葉には表せないような妖艶さを秘めていた。それがこの三年間で、さらに凄みを増していた。

視線に犯されているようだった。年増の娼婦に弄《もてあそ》ばれる童貞の少年のような気分になる。

「口で……ああ、お願いだ。口でしてくれ」

「ママにも、そうして欲しかったんでしょう？」

知里の強い視線から目が離せない。ゾクッとするような妖しい視線だった。

心臓にナイフを突き立てられたように、全身が強張《こわば》る。知里が唇の端を小さな赤い舌で舐める。その笑顔を見ただけで、射精しそうになった。それを必死で堪える。

「姉さんには、そんなことをさせないよ」

「嘘よ。おじさまはママにこんなふうにいやらしいことをさせたかったはずだわ」

知里の唇がペニスの先端をなぞっていく。溢れ出た透明の分泌液を、可憐な舌が掬い取って、亀頭に擦りつけていく。

まるで幼児が水飴をしゃぶるように、先走りの分泌液を舌先がなぶる。

「ああ、すごい……」

「ずっとママに、こんなふうにおじさまの性器を愛撫させたかったんでしょう？」

「う、嘘だ。ああ、そんなこと、考えてなかった」

すっぽりと口の中にペニスが含まれた。亀頭が喉の奥で締めつけられる。強く吸引されながら、高速で舌が絡みついてくる。知里が頭を前後に振り出す。クチャクチャという淫らな音が、涎とともに美しい唇から溢れる。

「今日はこれだけじゃないのよ。おじさまがママにさせたかったこと、私が代わりに何でもしてあげるわ。さあ言って。ママに何をしてもらいたかったの？　おじさまはママに何をしたかったの？」

吐き出されたペニスの先端から、透明の唾液が糸を引く。私はその先にある赤い唇をじっと見つめていた。

「キスして欲しかった」

知里が立ち上がり、背伸びをして私の首に両腕を絡ませる。蕩けるような唇が、私の口を塞ぐ。舌が差し込まれ、大量の唾液が流し込まれた。私はそれを喉を鳴らしながら飲み干す。舌が痺れる。立っているのが苦痛なほど、神経が痺れていく。

長いくちづけが続いた。十分間以上、いや一時間以上にも感じる。しかし、もしかしたらほんの数秒のことだったのかもしれない。時間の感覚が麻痺していた。

「違うんだ。そういうキスだけじゃないんだ」

「いやらしいおじさま。ママにそんなひどいことをさせたかったのね」

「ああ……」

知里が何もかもわかったというふうに頷く。促されて私は床に横たわる。私の上に知里が身体を重ねる。

瞼にキスされる。瞼の上から舌で眼球を愛撫される。やがて抉《こ》じ開けられ、直接舌で舐め取られる。ゆっくりと時間を掛け、大量の唾液で眼球が融かされていく。やがて反対側の目にも舌が伸びる。

鼻が口に含まれる。全体をしゃぶり尽くされ、鼻の穴の中にも舌が進入した。

耳たぶを咬まれる。ゆっくりと味わうように、耳たぶが口の中で転がされる。耳の穴の奥の方まで、舌が細く差し込まれる。耳たぶ全体が、口の中に含まれる。

顔全体を舌が這う。唾液が乾く感覚がひんやりとして気持ちいい。

首筋を吸われる。髪の毛に指を差し込まれ、頭を仰け反らされながら、首全体を何度も舌が往復する。きつく咬まれ、そして首筋を吸われる。

肩から舌が滑り、腋の下を舐められる。両手首を頭の上で交差して絞られ、開いた腋の下を交互に舐められる。

右手の指がしゃぶられる。親指、人差し指、中指、薬指、小指。丹念に時間を掛け、指がふやけるほどに唾液を塗《まぶ》される。そして、左手もそれ以上の時間を掛けられる。

乳首を吸われる。舌で転がされ、歯で咬まれ、吸われたまま強く引っぱられる。乳首とペニスが太い神経で繋がったように、強烈な刺激が身体の中心を走る。

脇腹を舌が這う。何度も何度も往復して、たっぷりと唾液が塗り込まれる。

臍の中に舌が入り込み、中で暴れる。そのまま内臓に入り込み、ペニスの裏側から舌が突き出してくるような錯覚に襲われる。

ペニスが喉の奥まで吸い込まれる。ペニスを咥えたまま、彼女の顔全体が強く私の下腹部に減《め》り込むほど、奥まで飲み込まれる。

睾丸の袋のひとつひとつを交互にしゃぶられる。飲み込まれたまま、中の玉を舌の上で転がされる。歯が当てられる。

脚を大きく開かされ、肛門にくちづけされる。筋肉の襞の一本一本までが、丹念に舌で融かされる。堪らず弛緩した瞬間、大量の唾液とともに舌が奥まで差し込まれる。内部で舌が回転を続ける。直腸を舐め取られる。

太腿を舌が這う。膝を舐められる。脛が齧られる。足の指を一本一本をしゃぶられる。丹念に長い時間を掛けて、身体のすべてを知里に味わい尽くされた。その間、私は視線を宙に泳がせたまま、快楽のうめき声をあげ続けていた。

秦の始皇帝やエジプトのファラオでさえ、これほどの性の快楽は味わったことがないだろうと思う。人間として生きていられる限界の快楽を感じさせられた。それもたった十六歳の少女にだった。

「おじさま、良かった？」

無邪気な笑顔で知里が聞く。

「ああ、すごい。すごくて死にそうだ」

「おじさま、ママにこういうこと、させたかったんでしょう？」

悪戯っぽく微笑むその顔が天使にも悪魔にも見える。私はついに屈服した。

「ああ、そうだ。姉さんにこんなことをさせたかった。愛する姉さんに、死ぬほど淫らなことをさせてみたかった。美しい姉さんを、汚してみたかった」

「いいのよ、私がママの代わりになってあげる。私がおじさまがママにしたかったこと、全部受け止めてあげるわ」

ベッドに仰向けになった私の上に、知里が馬乗りに跨がる。目の前で隆起した二つの大きな乳房が揺れた。

限界まで勃起した私のペニスを知里がその美しい手に握る。それだけで私は意識を失いそうになった。

きつく目を閉じると、もはや目を開けていられなくなった。

「知里……」

「ああ、すごいわ」

私のペニスを握ったまま、知里がゆっくりと腰を沈めてくる。潤みを溢れさせた性器に、ペニスの先端が当たる。そのまま熱い肉の裂け目に、飲み込まれていく。途中で壁に当たった。一瞬、知里の動きが止まる。

「んんっ」

破瓜《はか》の痛みのためか、知里が苦痛の声を漏らす。私の上で知里が硬直している。処女を喪失することは、肉体的にはもちろん、精神的にも強い衝撃を受け止めなければならない。それは十六歳の少女には、決して安易なことではないはずだった。

逡巡《しゅんじゅん》があるのだろうか。知里が固まっている。私のペニスはその先端部分だけを飲み込まれたままだった。しかし、すぐに知里は動きを再開した。

両脚の力を抜き、一気に自分の体重を私のペニスに掛けた。知里の身体が落ちる。ペニスがすべて飲み込まれる。ずんっ、という勢いで壁が破れたのを感じる。処女膜を突き抜け、ペニスの先端が彼女の子宮口に届く。

「ああ。おじさま、これでもう逃げられないわよ」

知里のその言葉に驚き、私は目を開けて下から彼女を見上げた。そこにはたった今、女になったばかりのはずの少女ではなく、まったく別の生き物がいた。

はたして、知里がそんなことを口にするのだろうか。空耳だと思った。私はついに自分が狂ったのだと思った。

彼女がゆっくりと腰を使い始める。ペニスの内と外の両側から神経を直接引っ掻き続けるような強烈な刺激が襲ってきた。

「うおおおっ」

限界を超えた快楽に、肉体が激しく痙攣を始める。涙が流れ、涎が溢れた。息ができない。白目を剝いて、舌を突き出し、ただただ快楽に溺れた。

知里の腰の動きが速くなってきた。熱く沸騰したような性器に飲み込まれたままのペニスが、千切れそうなほど締めつけられる。

知里の腰の動きがどんどん激しさを増す。私は叫び声をあげ、身体を仰け反らせる。精神も肉体もすべてを麻痺させるような快楽。その中で意識の一角だけが覚醒していく。薄れゆく意識の中で、それとは逆にずっと掛かってきた靄《もや》がゆっくりと晴れていくのを感じた。ずっとバラバラだったものが、少しずつ一つに繫がり始める。

姉夫婦の事故死。その葬儀の間も、その後も知里は涙を見せなかった。私の中で黒い闇が広がっていく。

なぜ、姉夫婦は自動車事故に遭ったのだろうか。首都高で事故を起こした幸造の車。幸造はニューヨークで知里のヌードデッサンを描いていた。でもそれだけだったのだろうか。

はたして、知里が父親にさせられていたのは、ヌードモデルだけだったのだろうか。アメリカで社会問題とされている児童虐待。そのほとんどが性的なものだという。

知里との初めての夜を思い出す。髪を洗ってくれと言った彼女の濡れた瞳を思い出す。あれがもし計算されたものだったとしたら……。

そして、その後のベッドでの行為。

だいたい十三歳の少女が、どうしてあれほど巧みに男の性を操れたのか。あの性の知識と技巧は、どうやって身につけたのか。

幸造と姉の遺品を整理した時に出てきた書籍の中に混ざっていた何冊かの自動車整備関連の本。あれは本当に幸造のものだったのだろうか。歴史小説とヌードデッサンが趣味の男に、自動車いじりはあまりにも不釣合いだった。

ヌードデッサンモデル。少女の性的な技巧。父親の自動車事故死。そして、自動車整備の本。これらがもし一つの繋がりを持ったものだとしたら……。

それだけではなかった。

樫村からもらったさくらんぼをゴミ箱に捨てた日、ソファで寄り添ってきた知里から姉と同じ香りがした。私はその日から知里と姉を性的に重ねて感じるようになった。

姉がどんな香水を使っていたか、知里だったら知っていたはずだ。それがもしも意識して仕組まれたことだったとしたら……。

私の姉への強い思いが、本格的に知里に向かうように計算されて、その引き金を引くために、姉と同じ香水が使われたのだとしたら……。

なぜ、樫村は由美子を抱いたのだろうか。そんなことをしたら面倒に巻き込まれることはわかっていたはずだった。

あの数日前、樫村が私の留守中に知里を訪ねたことがあった。あの時、樫村のシャツが乱れていた。知里のブラウスのボタンも三つも外れていた。

由美子を抱くように、性的に樫村がけしかけられていたとしたら……。

さらに私の脳裏で、悪魔のパズルが組み上がっていく。

由美子が睡眠薬を飲んで電話してきた時、何度も電話したと言っていた。しかし、私に取り次がれた電話はあの一度だけだった。あの時はてっきり彼女が睡眠薬で錯乱しているのだと思った。

本当にそうだったのだろうか。実際は彼女の言った通りに、何度も電話は掛けられていた。昼過ぎから三時頃まで、それらの電話がすべて拒否されていたとしたら……。

最後の電話で私は救急車を手配したが、すでに間に合わず、由美子は死んだ。

そして、最後は樫村の自殺。樫村の部屋は、内側から鍵が掛けられていた。だから自殺として処理された。しかし、私の部屋と樫村の部屋は隣同士だ。お互いのベランダからなら、会話は自由にできる。

ひき籠りで受験ノイローゼで鬱病ぎみだった樫村を精神的に追い込み、ベランダから飛び降りることを促すことができる人物がいたとしたら……。

それは私以外に樫村が由美子の自殺に関係したことを知っていたかもしれない、もう一人の人物。

「ああんっ、ああっ！」

知里の腰の動きがさらに激しさを増した。あまりの快楽に、心臓が破裂しそうになる。ペニスが融けてなくなりそうだった。

そんなことがありうるのだろうか。たった十三歳の少女が、そんな悪魔のような恐ろしい計画を考え、そして実際に実行に移すことが可能なのだろうか。

ありえない。そんなことは絶対にありえないと思う。

しかし、今私は処女の少女に犯されていた。このこと自体がありえないことだった。

もはや精神も肉体も彼女の心の鎖に縛りつけられ、まったく身動きができないでいた。その私の上で、彼女が腰を振り続けている。

「あうっ、あうっ、あうっ！」

あまりの快楽に思考がどんどん停止していく。苦しくて息が吸えない。

もがくように手を伸ばすと、その手を掴まれて、柔らかな二つの乳房に押しつけられた。安心して、乳房に指を食い込ませる。そのまま激しく揉む。柔らかな乳房が私の指の間からこぼれ、無様に形を変える。

「あああっ！」

「うおおおっ！」

知里の腰の動きが限界まで激しくなる。視線が合った。天使のような微笑が私を包み込む。肉体が融ける。心が融ける。そして、精神が融ける。

姉の日記には、私が莫大な遺産を相続したということも書かれていたに違いない。でもそんなことはもうどうでもよかった。すべてが初めから仕組まれたことであったとしても、今の私にはどうでもいいことのように思えた。もし私のこの想像が当たっているとしたら、いずれ私も何かの事故で命を落とすことになるに違いない。

それでもよかった。この天使がもたらしてくれる至福の快楽の中に、もうしばらくでも身を投じていられるのなら。たとえそれが天使の仮面を被った悪魔だったとしてもだ。

私は閉じた瞼の裏側で、知里の天使のような微笑を思い浮かべた。快楽が突き上がってくる。もう、逃げられないだろう。心からそれでもいいと思う。

知里が私の上で身体を震わせ始めた。

しっかりと目を閉じたまま、私も知里の中に射精を始める。その瞬間、姉と同じ匂いがした。姉の残り香の中で私は幸福《しあわせ》を感じていた。

この作品は書き下ろしです。原稿枚数３２７枚（４００字詰め）。

GENTOSHA OUTLAW BUNKO

残《のこ》り香《が》

松崎《まつざき》詩織《しおり》

平成19年12月10日　初版発行

発行者――見城　徹

発行所――株式会社幻冬舎

〒151-0051東京都渋谷区千駄ヶ谷4-9-7

電話　03(5411)6222(営業)

　　　03(5411)6211(編集)

振替00120-8-767643

印刷・製本――株式会社　光邦

装丁者――高橋雅之

幻冬舎アウトロー文庫

ISBN978-4-344-41068-8　C0193　O-76-4